여름

홈세 에세이 002

여름

L'ÉTÉ

알베르 카뮈 | 박해현 옮김

차례

일러두기

1. 번역 대본으로는 Albert Camus, *Noces suivi de L'été*(Gallimard, 2018)를 사용했다.
2. '원주'를 제외한 나머지 주석은 모두 옮긴이 주다.

하지만 너는 맑게 갠 날을 위해 태어났구나

—횔덜린

미노타우로스 또는 오랑에서 멈춘 발걸음

—피에르 갈랭도•에게

• 카뮈가 청년 시절부터 평생 가까이한 오랑 출신의 친구. 우람한 몸집에 과묵하고 냉담한 성격의 갈랭도가 오랑의 해변에서 아랍인과 충돌한 사건의 경험을 들려주자 카뮈는 소설《이방인》의 실마리를 구상했다고 한다.

이 에세이는 1939년에 쓰였다. 독자가 오늘날의 오랑이 어떤지 평가하려면 고려해야만 할 것이다. 그 아름다운 도시에서 최근 발생한 격렬한 항의로 인해 나는 모든 미흡한 점들이 치유됐다는 것(아니면 치유될 것)을 진짜 확신한다. 이 에세이가 예찬한 아름다운 점들은 반면에 소중하게 보존됐다. 행복하고 현실주의적인 도시 오랑은 이제 더는 작가들을 필요로 하지 않는다. 도시는 관광객들을 기다린다.

(1953)

이제 사막들은 더는 없다. 이제 섬들은 더는 없다. 하지만 아쉬움이 느껴진다. 세계를 이해하려면, 때때로 고개를 딴 곳으로 돌려야 한다. 인간들을 더 잘 섬기려면, 잠시 거리를 둬야 한다. 하지만 그런 힘을 얻는 데 필요한 고독은 어디에서 찾을 것인가, 정신이 집중되고 용기가 가늠되도록 오래 숨을 들이쉴 곳은 어디에서 찾을 것인가. 대도시들이 있기는 하다. 하지만 거기엔 나름 충족해야 할 조건들이 있다.

유럽이 우리에게 내놓는 도시들은 지나치게 과거의 소문으로 꽉 차 있다. 숙련된 귀는 거기서 날갯짓 소리와 영혼의 설렘을 감지할 수 있다. 우리는 또한 여러 세기와 혁명과 영광으로 꾸며진 현기증을 느낀다. 거기서 우리는 서양이 아우성 속에서 형성된 사실을 회상하게 된다. 그래서 도무지 조용하지 않다.

파리는 종종 마음의 사막이 되지만, 어느 때는 페르 라셰즈 언덕 꼭대기에서 혁명의 바람이 불어와 그 사막을 깃발과 사라진 영화(榮華)로 가득 채운다. 스페인의 몇몇 도시들, 피렌체 또는 프라하도 마찬가지다. 잘츠부르크는 모차르트가 없었다면, 평온했을 것이다. 그런데 때때로 잘차흐강 위로는 지옥에 떨어지는 동 쥐앙의 오만방자한 비명이 흐른다. 그 도시들 가운데 아가씨에 해당하는 빈은 좀 더 조용해 보인다. 그곳의 석조물은 3세기가 채 되지 않았고, 그 젊음은 멜랑콜리를 모른다. 그러나 빈은 역사의 교차로에 있다. 그 주변에서는 제국들의 충돌이 반향을 울리고 있다. 하늘이 피로 물드는 어느 저녁에는 링의 기념 건물에 새겨진 석마(石馬)들이 날아오를 듯하다. 모든 것이 권력과 역사를 언급하는, 이 유동하는 순간에 우리는 폴란드 기병대의 돌진에 격파당한 오스만 제국이 무너지는 소리를 뚜렷이 들을 수 있다. 여기도 도무지 조용하지 않다.

분명히, 사람들이 유럽의 도시들에 와서 찾는 것은 이처럼 속이 꽉 들어찬 고독이다. 적어도 제 앞가림은 할 줄 아는 사람들이 거기서 길벗을 고르고, 사귀고, 버린다. 얼마나 숱한 사람들이 저마다 호텔 방과 생루이섬의 오랜 석조물 사이를 오가는 산책에 빠지고 말았던가. 사실 그 밖에 다른 이들은 거기서 고립돼 소멸했다. 아무튼 그래도 살아남은 사람들은 거기서 성장해나가고, 자신을 내세울 이유를 찾았다. 그들은 외톨이면서도 외톨이가 아니다. 수세기의 역사와 아름다움이, 숱하게 흘러간 삶의 뜨거운 증언이 센강을 따라 그들과 함께하면서 전통과 정복의 이야기를 한꺼번에 들려줬다. 하지만 젊음이 그들에게 그러한 길벗을 부르라고 부추겼다. 그 길벗이 성가신 때가 있고, 그런 시대가 있다. "(자, 이제 파리와 나) 우리 둘의 대결!"이라고 라스티냐크•는 파리라는 도시의 거대한 곰팡이 앞에서 외친다. 둘, 그렇다. 하지만 이 또한 너무 많다.

사막은 그 자체로 어떤 의미를 지녀왔지만, 사람들은 거기에 시(詩)를 과도하게 얹어놓았다. 이 세상의 모든 고통은 사막에 가서 해소될 수 있다는 듯이 사막이 헌정된 것이다. 하지만 마음이 어떤 순간에 찾는 곳은 그와는 반대로 시가 없는 장소들이다. 성찰하기 위해 데카르트는 자신의 사막을 선택한다. 그의 시대에 가장 상업이 번창

• 오노레 드 발자크(1799~1850)의 소설《고리오 영감》의 야심 많은 주인공.

한 도시를 골랐다. 그는 거기서 자신의 고독과 아울러 우리의 씩씩한 시들 가운데 아마도 가장 위대한 시를 쓸 기회를 얻는다. "첫째는 내가 명백히 진실하다고 인정한 것 말고는 아무것도 결코 진실로 받아들이지 않았다." 사람은 이보다 덜 야심을 품더라도 그에 맞먹는 갈망을 지닐 수 있다. 그러나 암스테르담은 3세기 전부터 미술관으로 뒤덮였다. 시를 피해서 돌의 평화를 되찾기 위해서라면 다른 사막들이, 영혼도 없고 의지할 수단도 없는 다른 곳들이 필요하다. 오랑•은 그런 곳들 가운데 하나다.

길거리

나는 오랑 사람들이 제 도시에 대해 불평하는 소리를

• 알제리의 북서부에 자리 잡은 항구도시. 지중해의 패권이 바뀔 때마다 로마, 오스만, 스페인, 프랑스의 지배를 번갈아 받으면서 오랜 역사와 문화를 쌓아왔기 때문에 수도 알제에 버금가는 도시로 꼽힌다. 카뮈는 묘하게도 오랑 출신 여성 세 명과 친밀한 관계를 맺었고, 그중 수학 교사인 프랑신 포르와 1940년 결혼했다. 카뮈는 오랑을 거닐면서 산문 여러 편을 썼을 뿐 아니라 오랑의 부이스빌 해변에서 발생한 살인 사건을 활용해 소설 《이방인》(1942)의 살인 장면을 구상했고, 철학 에세이 《시시포스의 신화》(1942)를 이곳에서 탈고했다. 이처럼 오랑에서 문학의 자양분을 대거 얻은 카뮈는 1947년 오랑을 실명 무대로 삼은 소설 《페스트》를 발표했다.

자주 듣곤 했다. "여기엔 재미있는 동아리가 없어!" 아하, 당신은 그런 걸 바랄 리 없을 텐데! 몇몇 고매한 사람들은 여럿이 모이지 않으면, 예술과 사상을 올바르게 기릴 수 없다는 신념에 충실해서 이 사막에 딴 세상의 풍습을 이식해본 적이 있다.• 그 결과, 그나마 계몽적인 동아리라곤 포커 플레이어들, 복싱과 볼링 팬들, 공굴리기 애호가들, 지역의 사교 클럽들을 위한 것들만 남았다. 적어도 거기엔 자연스러움이 만연하다. 어쨌거나 고상함과는 거리가 먼 어떤 위대함이 존재하기 마련이다. 그것은 원래 아무런 결실을 맺지 못한다. 그래서 그 위대함을 반드시 찾고 싶어 하는 사람들은 '동아리'들을 내버려두곤 길거리로 나간다.

오랑의 길거리는 먼지, 자갈, 열기투성이다. 비가 내리면, 홍수가 져서 진흙 바다가 된다. 하지만 비가 오건 별이 쬐건 상점들은 괴상하고 어처구니없는 외양을 띤다. 서유럽과 중동의 저속한 취향이 한군데에 모인다. 대리석으로 만든 토끼 사냥개들, 〈백조의 호수〉에 등장하는 무

• 오랑에서는 고골의 희곡 〈검찰관〉에 나오는 홀레스타코프를 만나게 된다. 그는 하품하고 나서 말한다. "뭔가 고상한 일에 전념해야 할 텐데"(원주).

용수들, 초록색 셀룰로이드로 만든 사냥의 여신 디아나, 원반던지기 선수들과 추수꾼들이 상점에 뒤죽박죽 엉켜 있다. 게다가 장사 수완과 재담의 천재들이 끊임없이 부추기는 바람에 난로 위 선반까지 물건으로 가득 채우는 한심한 손님들도 상점에 버글거린다. 하지만 이 천박한 취향의 성행은 그나마 일종의 바로크 분위기를 띤 덕분에 모두 허용된다. 여기, 먼지투성이 상자에 담겨 진열창에 나온 물건들은 이렇다. 뒤틀린 발을 끔찍하게 빚은 석고상, '한 장에 150프랑이란 헐값'에 내놓은 렘브란트의 데생 묶음, '마술 도구들', 삼색 지갑들, 18세기 파스텔화, 기계장치를 단 벨벳 당나귀, 녹색 올리브 저장용 프로방스 물병들, 정숙하지 못한 미소를 짓고 있어서 역겨운 동정녀 목상(누구나 알아볼 수 있도록 '주인장'이 그 발치에 명찰을 붙였다. '동정녀(童貞女) 목상(木像)').

오랑의 명물이라면 다음과 같다.

1. 하도 때를 타서 반들반들한 데다가 파리 발과 날개 부스러기가 흩뿌려진 계산대를 놓고 영업하는 카페들, 손님이 없어도 항상 미소 짓는 주인. 블랙커피 한 잔에 12수이기 일쑤고 큰 잔은 18수.

2. 감광지 발명 이후 기술의 진보가 비껴간 사진관들. 거리에서는 좀처럼 마주칠 수 없는 괴짜 족속이 그곳을 장식하고 있다. 까치발 탁자에 팔을 괴고 있는 가짜 뱃사람에서부터 숲을 배경으로 보기 흉하게 차려입은 채 팔을 건들거리는 결혼 적령기의 아가씨에 이르기까지. 누구나 실물 사진이 아니라 말짱 창작이라는 걸 짐작할 수 있다.

3. '착하게 살자'라는 설교를 대신할 만큼 난립하는 장례 업체들. 오랑이 딴 곳에 비해 사망자가 더 많아서라기보다는, 사람들이 죽음을 놓고 너무 난리를 친다는 생각이 든다.

장사꾼들의 앙증맞은 유치함은 광고에서도 버젓이 드러난다. 나는 어느 시내 영화관의 광고 전단에서 개봉 예정인 삼류 영화 알림을 읽는다. 눈에 띄는 건 형용사 '호화로운', '휘황찬란한', '좀처럼 볼 수 없는', '마술 같은', '기절초풍할', 그리고 '가공할 만한' 따위다. 광고를 마무리하면서, 극장 주인은 이 놀라운 '연출 작품'을 시민들에게 제공하기 위해 엄청난 희생을 감내했다고 널리 알린다. 즉 입장료 인상은 없다는 것.

지중해 연안 특유의 허풍이 이곳에서도 드셀 뿐이라고

어림잡는다면 오산일 것이다. 정확히 말해서, 이 기막힌 광고물의 제작자들은 심리학적 통찰력을 입증한다. 그들은 이곳 사람들이 두 가지 구경거리나 두 가지 직업 중에서, 심지어 두 여자 중에서 한쪽을 선택해야 할 경우에도 심드렁하고 무덤덤하게 구는 태도를 휘어잡으려고 한다. 이곳 사람들은 강요당해야만 마음을 정한다. 광고업계는 그 점을 잘 안다. 장차 광고가 아메리칸 스타일을 취하게 될 것은, 이곳이나 그곳이나 극성을 부려야 할 이유가 똑같기 때문이다.

오랑의 길거리는 끝으로 이곳 젊은이들이 가장 중시하는 두 가지 즐거움을 현시한다. 구두를 닦는 일과 그 구두를 끌고서 대로를 활보하는 것. 그중 첫 번째 즐거움을 당신이 제대로 맛보려면, 일요일 오전 10시 갈리에니 대로의 구두닦이들에게 구두를 맡겨봐야 한다. 높은 팔걸이의자에 앉아서 내려다보면, 누구나 오랑의 구두닦이라는 제 직업을 사랑하는 사람들의 실연(實演)을 보면서, 그 방면에 무지하더라도 남다른 만족감을 맛볼 수 있으리라. 모든 작업은 세밀하게 이뤄진다. 여러 개의 솔, 세 가지의 헝겊 쪼가리, 휘발유 섞인 왁스가 동원된다. 사람들은 부드러운 솔질을 통해 일어나는 완벽한 광택을 보면서 작업이 끝났다고 생각하기 쉽다. 하지만 악착스러운 구두닦이의 손이 그 반짝이는 구두 표면에 다시 왁스 칠을 하고 문질러서 광택을 죽인 뒤 크림을 가죽 속 깊이 배어들게 하더니, 똑같은 솔질을 가함으로써 진짜로 결정적인 두 겹의 광택이 가죽 밑바닥에서 솟아나게 한다.

이렇게 일어난 경이로움은 거기에 대해 감식안이 있는 사람들 앞에서 전시된다. 큰길에서 얻는 즐거움을 음미하려면, 저녁마다 도시의 주요 통행로에서 열리는 젊은이들의 가장무도회에 가보는 게 좋다. 기껏해야 열여섯 살에서 스무 살 사이에 불과한 오랑 '사교계'의 젊은이들이 미국 영화에서 멋스러움의 본보기를 따온 듯한 옷차림으로 야회(夜會)에 가기 전에 탈바꿈한다. 왼쪽 귀에서 삐딱하게 기울여서 오른쪽 눈 위로 꺾어 쓴 펠트 모자 밑으로 삐져나온 포마드 바른 웨이브 머리, 머리카락이 닿을 만큼 큼지막한 칼라에 둘러싸인 목, 단단하게 꽂힌 핀에 지탱되는, 현미경으로 봐야 할 정도로 작은 넥타이 매듭, 허벅지 절반가량 내려오고 엉덩이에 걸친 윗도리, 옅은 색의 짧은 바지, 번쩍이는 세 겹 밑창 구두. 이런 차림의 젊은이들이 저녁마다 인도 위를 위풍당당하게 행진하면서 징 박은 구두 소리를 울려댄다. 이들은 매사에 있어서 클라크 게이블•의 걸음걸이와 호탕함, 좌중을 압도하는 태도를 흉내 내려고 애쓴다. 이와 관련해, 이 도시에서 그 청년들에게 비판적인 인사들은 발음 따위는 아랑곳하지 않는다는 태도로 그들을 '클라르크'족(族)이라고 부른다.

어쨌든 오랑의 대로에는 오후가 끝날 무렵, 불량소년처럼 보이려고 온갖 애를 쓰는 앙증맞은 청소년 무리가 들이닥친다. 오랑의 아가씨들은 아무 때나 이 살가운 건달들과 맺어진다고 확신하기 때문에 마찬가지로 미국 유명 여배우들의 화장술과 우아함을 뽐낸다. 한결같이 얄궂은 인사들은 따라서 그녀들을 '마를렌'••족이라고 부른다. 그리하여 큰길에서 새의 노랫소리가 야자나무를 타고 하늘로 올라가는 해 질 녘, 수십 명의 '클라르크'와 '마를렌'이 만나서 서로 위아래를 훑어보고 평가한다. 그들은 한 시간 동안 완벽한 존재의 현기증에 몸을 내맡긴 채 살아서 행복하고, 남들에게 그렇게 보이면서 행복해한다. 질투하는 사람들은 그게 미국 위원회 모임에 참석하는 짓이

• '할리우드의 왕'이란 별명을 가진 미국의 영화배우 클라크 게이블(1901~1960).

•• '팜 파탈'의 매력을 뽐낸 독일 출신의 영화배우 마를레네 디트리히(1904~1992)의 이름에서 생긴 말.

라고 한다. 하지만 그 말엔 30년이 넘도록 그런 놀이를 해 본 적이 없는 꼰대의 씁쓸함이 느껴진다. 그런 사람들은 젊음과 낭만이 날마다 여는 모임이 뭔지 모른다. 이건 사실 인도 문학에 등장하는 새들의 의회다. 그러나 오랑의 큰길에서는 아무도 존재의 문제를 놓고 토론하지 않고, 아무도 완전함에 이르는 길에 대해 걱정하지 않는다. 존재하는 것이라곤 날개 치는 소리, 화려하게 쫙 펼친 공작새 꽁지, 교태를 부리고 으스대는 멋, 어둠이 오면 사라지는 천진난만한 노래의 절정뿐이다.

나는 여기서 흘레스타코프에게 귀를 기울인다. "뭔가 고상한 일에 전념해야 할 텐데." 오호라, 그는 그럴 능력이 있다. 사람들이 부추겼다면, 그는 몇 년 만에 사막을 사람으로 채웠을 것이다. 하지만 이제 약간 은밀한 영혼의 소유자는 이 도시에서 자신을 해방해야 한다. 분을 발랐어도 감정을 분장할 줄 모르고, 교태 부리기가 너무 서툴러서 그 속셈이 이내 들통나고 마는 아가씨들의 행진과 더불어. 고상한 그 무엇에 전념하라! 아니, 차라리 바라보라. 바위에 새겨진 산타크루스 요새를, 산맥을, 잔잔한 바다를, 강풍과 태양을, 부두의 대형 기중기들을, 기차들을, 창고들을, 부두들과 도시의 암벽을 기어오르는 어마어마한 비탈들을, 그리고 길거리 그 자체에서는 이 유희와 이 권태를, 이 소란과 이 고독을. 아마도 사실 이 모든 것은 그리 고상하지 못할 수도 있다. 그러나 이렇게 사람이 넘치는 섬들의 위대한 가치는 마음이 거기서 스스로 벌거벗는다는 점이다. 데카르트는 암스테르담에서 늙은 귀에 드 발자크[•]에게 편지를 보낸다. "나는 날마다 엄청난 군중 속에 뒤섞인 가운데, 그대가 그대의 오솔길에서 누리는 만큼이나 자유롭고 느긋한 마음으로 산책하러 나섭니다."[••]

오랑의 사막

어쩔 수 없이 절경을 마주하고 살도록 떠밀린 오랑 사람들은 꽤 볼썽사나운 건축물들로 도시를 뒤덮음으로써 이 끔찍한 시련을 이겨냈다. 사람들은 바다를 향해 열려 있고 저녁 산들바람에 씻겨 선선한 도시를 동경한다. 그런데 스페인 사람들의 동네를 제외하곤,[•••] 사람들은 바

• 프랑스의 작가이자 한림원 창립 멤버인 장 루이 귀에 드 발자크(1597~1654).

•• 아마도 이 멋진 말을 떠올렸는지, 오랑의 강연·토론 협회가 '코기토 클럽'이란 간판을 달고 설립됐다(원주).

••• 그리고 새로 뚫린 프롱-드-메르 대로(원주).

다를 등진 채 달팽이 껍데기처럼 제 안쪽으로 휘돌면서 세워진 시가지를 발견한다. 오랑은 단단한 하늘 아래 뒤덮인, 노란색의 거대한 원형 벽이다. 처음엔 누구나 미궁의 내부를 헤매고, 바다를 아리아드네•의 신호인 양 찾아다닌다. 하지만 누구나 야수 같고 폭압적인 길에서 뱅뱅 맴돌게 되고 결국 미노타우로스가 오랑 사람들을 삼켜버린다.•• 그것이 권태다. 오래전부터 오랑 사람들은 더는 헤매지 않는다. 그들은 순순히 먹힌다.

오랑에 와보지 않은 사람은 돌이 무엇인지 알 수 없다. 유난히 먼지투성이인 이 도시에선 조약돌이 왕이다. 상인들이 조약돌로 진열창에 놓인 종이를 누르거나 그냥 장식품으로 진열할 정도로 조약돌은 사랑받는다. 사람들이 조약돌 더미를 길 따라 쌓는데, 아마도 눈요깃감으로 삼기 때문인지 1년이 지나도 돌 더미는 그대로 있다. 다른 곳

• 그리스 신화에 나오는 크레타섬의 공주. 아테네의 왕자 테세우스가 미노타우로스를 처치하러 미궁에 들어가려고 하자 아리아드네가 실타래를 줬다. 그 덕에 테세우스가 미궁에서 실타래를 풀면서 움직였기 때문에 한 번 지난 미로를 다시 밟지 않았다.

•• 미노타우로스는 그리스 신화에 나오는 사람의 몸에 소의 머리를 가진 괴물로, 크레타섬의 왕 미노스의 아내가 소와 정교(情交)해 낳았다. 미노스에 의해 미궁해 갇힌다.

에서는 식물로부터 자신의 시를 뽑아낸다는데, 이곳에선 돌의 얼굴이 그 노릇을 한다. 사람들은 상업 구역에 심은 백 그루가량의 나무들을 정성스레 먼지로 뒤덮어놓았다. 그 나무들은 화석처럼 굳었고, 가지들은 매캐한 먼지 내음을 떨군다. 알제•에서는 아랍인 묘지가 온화한 풍광으로 이름이 높다. 오랑에서 그런 곳은 라스-엘-아인 골짜기 위에 있다. 바다를 향한 채 푸른 하늘을 이고서 태양의 눈부신 불길에 훨훨 타고 있는 백악질의 푸석푸석한 조약돌 밭이다. 대지의 그 해골들 한복판에서 주홍빛 제라늄이 때때로 풍경에 생기와 신선한 피를 공급한다. 도시 전체는 돌의 외피에 덮여 굳어 있다. 플랑퇴르 지역에서 바라보면, 도시를 껴안고 있는 절벽들이 어찌나 두꺼운지, 풍경이 계속 광물성을 띤 나머지 비현실적으로 변해버릴

• 고대부터 지중해 무역의 중심지였다. 기원전 9세기에는 카르타고, 기원전 2세기에는 로마 제국, 7세기에는 아랍, 16세기에는 오스만 튀르크 제국의 지배를 받았고, 19세기부터 프랑스 식민지가 됐다. 1962년 알제리가 독립해 알제를 수도로 삼았다. 카뮈는 1913년 11월 7일 알제리의 소도시 몽도비에서 태어났지만, 늘 알제를 '진정한 고향'이라고 했다. 그가 생후 8개월부터 알제의 빈민가 벨쿠르에서 자라며 청년기를 보냈기 때문이다. 카뮈는 부친이 제1차 세계대전에 징집돼 전사하는 바람에 편모슬하에서 어렵게 자랐다. 그는 고학 끝에 알제 대학을 다니면서 철학을 전공했다. 그의 청년 시절 산문집《안과 겉》(1937),《결혼》(1938)이 알제에서 출간됐다.

정도다. 인간은 그곳에서 추방된다. 그토록 압도적인 아름다움은 딴 세상에서 오는 듯하다.

만일 사막을 영혼이 없는 가운데 오로지 하늘만 왕인 곳으로 규정할 수 있다면, 그때 오랑은 제 예언자들을 기다린다. 도시 위와 그 주변에서 아프리카의 거친 자연은 실제로 자신의 불타는 위엄으로 휘황찬란하다. 자연은 사람들이 씌워놓은 거추장스러운 장식을 해체하고, 제각각의 집 사이와 그 지붕들 위로 거센 비명을 내지른다. 산타크루스 산허리로 난 길 중 하나를 골라 걸어 올라가면, 대뜸 보이는 것이 오랑에 산재한 색색의 입방체들이다. 하지만 더 높이 올라가면, 고원을 둘러싼 들쑥날쑥한 절벽들이 벌써 붉은 짐승들처럼 바닷속에서 웅크린다. 조금 더 높이 올라가면, 태양과 바람의 거센 회오리가 바위투성이 풍경 곳곳으로 제멋대로 흐트러진 채 분산된 도시를 뒤덮고 통풍시키고 뒤섞어버린다. 여기서 대립하는 것은 인간의 어마어마한 무질서와 늘 똑같은 바다의 영속성이다. 작은 언덕의 비탈길을 따라 올라가기 위해서는 어떤 생명의 압도적 향기만 있으면 충분하다.

사막은 준엄한 그 무엇을 지니고 있다. 오랑의 광물질 하늘, 그 먼지로 뒤덮인 길들과 나무들은 이 두껍고 태연한 세계를 창조하는 데 일제히 기여하고 있다. 그 세계에서는 가슴과 정신이 자신과 그것의 유일한 대상인 인간으로부터 잠시도 한눈팔지 않는다. 나는 여기서 은둔의 어려움을 말한다. 사람들은 피렌체 또는 아테네에 관한 책을 쓴다. 그 도시들은 그토록 풍성한 유럽 정신을 형성한 만큼 어떤 의미를 지니고 있기 마련이다. 감동과 흥분을 안겨줄 뭔가를 갖추고 있다. 추억을 자양분으로 삼는 영혼의 어떤 허기를 달래준다. 하지만 아무것도 정신을 자극하지 않고, 꼴불견조차 특징이 없고, 과거가 무(無)로 환원되는 도시를 보면서 무슨 감동을 얻겠는가. 공허, 권태, 무심한 하늘, 이런 장소들이 던지는 유혹은 무엇인가? 그것은 아마도 고독이고, 또 어쩌면 아가씨일지도 모른다. 어떤 부류의 남자들에게 아가씨는, 어디서든지 아름답더라도 하나의 씁쓸한 모국이다. 오랑은 그 나라의 숱한 주요 도시 가운데 하나다.

게임

오랑의 퐁두크 거리에 있는 센트럴 스포팅 클럽은, 진짜 애호가들만 알아주리라고 자신하는 야간 권투 시합을 연다. 명쾌하게 말해서, 포스터에 소개된 복서들이 전혀 유명 선수가 아니라는 것, 그중 몇몇은 링에 처음 선다는 것, 그래서 결국 사람들이 맞붙는 선수들의 기량은 안중에 없이 패기에 기대를 건다는 걸 의미한다. 나는 오랑 사람 하나가 "혈투가 벌어질 것"이라고 한 장담에 짜릿해졌기에 오늘 밤 진짜 애호가들 틈에 끼어 있다.

분명히 이 애호가들은 편안함 따위는 바라지 않는다. 실제로 석회로 벽을 바르고 골함석 지붕 아래 환하게 밝힌 차고 비슷한 건물 안쪽에 링이 설치됐다. 접이식 의자들이 로프 둘레에 네모꼴로 배치됐다. 이것이 '링사이드 특등석'이다. 다른 의자들이 길게 놓였고, 홀 안쪽에는 입석이라고 불리는 널찍한 자유 공간이 있다. 거기에 들어찬 오백 명 중에서 한 사람이라도 말썽을 일으키지 않고서는 제 손수건조차 꺼낼 수 없으리라는 점을 고려해 널찍한 것. 이 정사각형 상자 속에서 천여 명의 남자들과 두세 명의 여자들이(내 옆 사람의 말에 의하면 '주목을 받으려고' 애쓰는 그런 여자들이) 숨을 내쉰다. 다들 그악스레 땀을 흘린다. '유망주'들의 시합을 기다리는 동안 대형 스피커가 티노 로시•의 노래를 으깨진 목소리로 쏟아낸다. 도살 직

● 감미로운 목소리로 인기를 끈 프랑스 상송 가수 티노 로시(1907~1983).

전에 울리는 사랑 노래다.

진짜 애호가들의 인내력은 무한하다. 9시로 예고된 시합이 9시 30분이 되어도 열리지 않는데 아무도 항의하지 않는다. 더운 봄날이라서 셔츠 차림인 사람들의 체취가 코를 찌른다. 레모네이드 병 따는 소리가 간헐적으로 터지고 코르시카 출신 가수의 탄식이 지칠 줄 모르는 가운데 격렬한 토론이 벌어진다. 새로 온 입장객이 관중석에 자리 잡자 서치라이트가 눈이 부시도록 링 위에 조명을 퍼붓는다. 유망주들의 대결이 시작된다.

유망주 또는 풋내기들은 재미로 싸우는데, 모든 테크닉은 무시한 채 대뜸 살육전을 벌이면서 그 재미를 입증하느라 늘 열심이다. 3라운드를 넘긴 적이 없다. 이런 점에서 오늘 밤의 주인공은 평소에 카페들의 테라스에서 복권을 파는 '비행기' 청년이다. 그야말로 그의 상대는 2라운드가 시작하자마자 프로펠러처럼 휘두른 주먹을 맞고 불행하게도 링 밖으로 나가떨어졌다.

관중은 약간 흥분했지만, 아직 점잖다. 복서들이 바른 물파스의 신성한 향내를 의젓하게 맡고 있다. 싸우는 그림자들이 하얀 벽에 투사되어 그리는 속죄의 그림으로 인해 한결 더 실감 나게 된 이 느릿한 의식과 난잡한 희

생의 연속을 바라보고 있다. 그것은 야만적이면서도 계산된 종교의 장엄한 프롤로그다. 신들림은 나중에야 올 것이다.

그런데 바로 이때, 확성기가 '한 번도 물러선 적이 없는 오랑의 옹고집' 아마르와 '알제의 돌주먹' 페레스의 대전을 알린다. 문외한은 링 위에서 선수가 소개될 때 솟구치는 아우성을 엉뚱하게 해석할지도 모른다. 선수들이 관중 사이에서 널리 알려진 개인적 분쟁을 끝장내기 위해 박진감 넘치게 싸운다고 상상할 것이다. 사실 그것은 그들이 끝장내야 할 분쟁이다. 하지만 관건은 100년 전부터 알제와 오랑을 치명적으로 갈라놓은 분쟁과 연관이 있다. 몇 세기 전이었다면, 북부 아프리카의 그 도시는 더 행복했던 시대에 피사와 피렌체가 그랬듯 치열하게 피를 쏟았을지도 모른다. 그들의 적대 관계는 터무니없기에 그만큼 더 강렬하다. 서로 사랑할 만한 이유가 차고 넘치는데도 그에 비례해서 서로 증오한다. 오랑 사람들은 알제 사람들이 '잘난 척'한다고 욕한다. 알제 사람들은 오랑 사람들이 예의범절을 모른다고 암시한다. 그야말로 형이상학적이라서 보기보다는 더 피 튀기는 욕설이다. 그렇다고 서로 공방전을 벌일 수도 없기에 오랑과 알제는 스포츠, 통계, 그리고 대형 공사 분야에서 맞붙어 욕설전을 벌인다.

링 위에는 역사의 한쪽이 펼쳐진다. 천여 명의 아우성에 힘입은 오랑의 '옹고집'은 페레스에 맞서 향토의 생활방식과 자존심을 방어한다. 사실대로 말하자면, 아마르가 게임을 서투르게 끌고 간다고 할 수 있다. 그의 방어엔 외형적 결점이 있다. 그는 팔 길이가 짧다. 반면에 알제의 '돌주먹'은 바람직한 팔 길이를 지니고 있다. 그는 맞수의 눈두덩이에 유효타를 날린다. 오랑의 선수는 흥분한 관중의 노호 속에 보기 좋게 코피를 쏟는다. 관중과 내 옆 사람의 끈질긴 응원에도 불구하고, 대담하게 "그놈을 죽여라", "보내버려"라거나 엉큼하게 "허리 아래를 쳐", "오, 심판! 넌 뭐 하는 거야"라거나 낙관적으로 "쟤는 지쳤군", "더 못 버텨"라고 하는데도 불구하고 알제 선수는 그치지 않는 야유 속에 판정승을 거둔다. 스포츠 정신을 들먹이길 좋아하는 내 옆 사람은 열렬하게 박수를 보내면서, 우레와 같은 함성에 파묻히는 목소리로 말한다. "보시다시피 이러면 알제 사람들이 오랑 사람들을 야만인이라고 하지는 못할 거요."

하지만 홀 안에서는 프로그램에 미처 들어 있지 않던

전투가 벌어졌다. 의자들이 휘둘리고, 경찰이 길을 트며 진입하고, 흥분은 극에 달한다. 주최 측은 분별 있는 사람들을 진정시키고, 평정을 되찾는 데 이바지하려고 주저 없이 전축을 틀어서 '상브르-에-뫼즈' 군가•를 고래고래 퍼붓는다. 몇 분 동안 홀은 가관을 이룬다. 싸움꾼들과 자원 심판들로 뒤엉킨 무리는 경찰관들에게 붙들려 우왕좌왕하고, 관중은 신이 나서 군가의 압도적 물결에 휩쓸리고 마는 야만스러운 고함이나 닭, 고양이 울음소리 따위를 익살맞게 흉내 내면서 행사 속개를 요구한다.

하지만 평정이 되돌아오기 위해선 본 시합을 알리는 방송만으로도 충분하다. 마치 연극이 끝나면 무대에서 배우들이 물러나듯이 평정은 느닷없이 아무런 꾸밈없이 이뤄진다. 지극히 자연스럽게 사람들은 모자에 묻은 먼지를 털고, 의자를 정렬한다. 모든 얼굴들은 마치 가족 음악회의 입장권을 산 선량한 청중처럼 상냥한 표정을 갑자기 되찾는다.

최종 전투는 프랑스 해군 챔피언과 오랑의 복서를 맞

• 국내에서는 MBC에서 권투를 비롯한 스포츠 중계방송의 시그널 음악으로 사용했다.

붙여놓는다. 이번에는 후자 쪽이 팔 길이 차이에서 유리하다. 하지만 초반전 동안 그의 장점은 관중을 흔들지 못한다. 관중은 흥분을 가라앉히고, 다시 차분해진다. 그들의 숨결은 여전히 가쁘다. 손뼉을 치지만 열정이 없다. 적대감 없이 야유의 휘파람을 분다. 홀은 두 진영으로 나뉘는데, 그게 모름지기 원칙에 맞는다. 하지만 각자의 진영 선택은 엄청난 피로감에 이은 무관심에 따라 이뤄진다. 만약 프랑스 선수가 '클린치'를 하거나 오랑 선수가 머리로 공격해서는 안 된다는 규정을 잊는다면, 그 복서는 일제히 퍼붓는 야유의 휘파람에 몸을 구부리겠지만, 이내 축포처럼 쏟아지는 박수갈채에 다시 바로 선다. 스포츠가 정상적으로 표면에 다시 떠오르려면 7라운드는 돼야 하고, 동시에 진짜 애호가들은 피곤함에서 깨어나 일어나기 시작한다. 아니나 다를까 프랑스 선수가 다운당한 뒤 점수를 만회하려고 상대방을 향해 돌진했다. "바로 그거야." 내 옆 사람이 말했다. "이제 투우가 시작되는군." 실제로 그것은 투우다. 가차 없는 조명 아래 땀투성이가 된 두 복서는 가드를 내리고, 눈을 감은 채 때리고, 어깨와 무릎으로 밀치고, 유혈을 주고받으면서 분노로 씩씩거린다. 동시에 관중이 모두 일어나서 두 영웅의 고투(苦鬪)에 장단을 맞춘다. 관중은 주먹에 맞고, 맞받아친다. 둔하고 헐떡이는 숱한 목소리 속에 그 주먹질들이 다시 울려 퍼진다. 무덤덤하게 응원할 선수를 선택한 사람들도 이제 제 선택에 극성스럽게 집착하고, 열정을 쏟아붓는다. 십 초마다 내 옆 사람의 고함이 오른쪽 귀를 파고든다. "힘내라, 파란 칼라. 가자, 해군이여!" 한편 우리 앞줄의 한 관중은 오랑 선수에게 외친다. "안다, 옴브레!"● 그 사람과 파란 칼라는 힘을 쓰고, 그들과 함께 석회와 함석, 시멘트로 지은 이 신전에서 관중 전체도 고개 숙인 신들에게 내맡겨진다. 땀으로 번들거리는 복서들의 가슴팍에서 둔탁하게 울리는 주먹질 소리가 복서들과 함께 젖먹던 힘까지 내는 관중들의 몸속에서 엄청난 진동으로 반향을 일으킨다.

이런 분위기에서 무승부는 환영받지 못한다. 그것은 사실 군중이 지닌 지극히 마니교적 감수성에 어긋난다. 선과 악이 있고, 승자와 패자가 있는 법. 틀리지 않는다면, 마땅히 옳아야 한다. 이 기막힌 논리의 결론은 심판들이 매수됐다고 규탄하는 이천 개의 역동적 허파들에 의해 즉

● "잘한다, 이 사람아!"라는 뜻의 스페인어.

각 제시된다. 하지만 파란 칼라는 링 위의 적수를 껴안고 형제애의 땀을 마신다. 그로 인해 관중이 즉시 마음을 바꿔 박수를 보내기에 충분하다. 내 옆 사람이 옳다. 이 사람들은 야만인들이 아니다.

고요와 별들로 가득 찬 하늘 아래, 밖으로 몰려 나가는 군중은 가장 힘든 전투를 막 치르고 난 참이다. 입을 다물고, 관전평을 늘어놓을 힘도 없이 슬그머니 사라진다. 선과 악이 있다는 이 종교는 무자비하다. 이 신도 집단은 어둠 속으로 사라지는 흑백 그림자 무리에 불과하다. 힘과 폭력은 고독한 신들이다. 그들은 아무런 추억도 선사하지 않는다. 반대로 그들의 기적을 현재 속에 듬뿍 배분한다. 그 기적은 링 둘레에서 성체배령 미사를 올리는, 과거 없는 이 민중에게 잘 어울린다. 그 의식은 약간 힘들지만, 모든 일을 단순화한다. 선과 악, 승자와 패자. 코린토스에서는 두 신전이 나란히 이웃하고 있었다. 폭력의 신전과 필연의 신전이.

기념물

형이상학에 못지않게 경제학에도 적용되는 꽤 많은 이유 덕분에, 오랑 스타일은(만약 그런 게 있다면) 메종 뒤 콜

롱•이라는 독특한 건물에서 강렬하고 명료하게 도드라진다. 오랑은 기념물이 부족하지는 않다. 제정 시대의 총사령관들, 각료들, 지역 자선가들을 기리고 있다. 그 기념물들은 먼지투성이 작은 광장들에서 마주칠 수 있는데, 비와 햇볕에 내맡겨진 채 그 자체가 돌과 권태로 변해버렸다. 그런데 그들은 외부에서 들여온 물품을 대표한다. 이 행복한 미개인의 땅에서 유감스러운 문명의 흔적이다.

그와는 반대로 오랑은 연단과 제단을 저 혼자서 쌓아 올렸다. 오랑 사람들은 나라를 먹여 살리는 숱한 농업 단체들을 위해 공동의 집을 지으려고 하면서, 이 상업 도시 한복판에 모래와 석회로 그들의 미덕을 설명하는 표상을 세울 궁리를 했다. 메종 뒤 콜롱이 그것이다. 건물을 놓고 판별한다면, 미덕은 셋으로 나뉜다. 대담한 취향, 맹렬함의 사랑, 역사 종합의 감각. 오랑 사람들은 이집트와 비잔티움, 그리고 뮌헨의 건축양식을 종합해서 뒤집힌 대형 컵처럼 생긴 케이크 형상을 절묘하게 건립했다. 여러 색깔의 보석들로 지붕 테두리를 장식해 더할 수 없이 강렬

• 프랑스 총독부가 1930년 오랑의 농업 담당 부처와 관련 단체들을 한자리에 모으기 위해 세운 건물.

한 인상을 준다. 그 모자이크의 생동감이 어찌나 압도적인지, 첫눈엔 무정형의 눈부심밖에 보이지 않는다. 하지만 더 가까이 가서, 정신을 차리고 집중하면, 모자이크에 담긴 의미가 보인다. 우아한 식민지 개척자가 나비넥타이를 매고 코르크 헬멧을 쓴 채 고대 시대 옷차림의 노예 행렬로부터 충성 서약을 받고 있다.• 그 건물과 그것의 채색 장식이 마침내 교차로 한복판에, 워낙 불결해서 이 도시의 명물 가운데 하나가 된 작은 광주리 모양의 전차들이 오가는 사이에 자리 잡았다.

오랑은 또한 아름 광장의 사자 두 마리를 무척 아낀다. 이 사자들은 1888년 이래 시청 계단 양쪽에 군림하고 있다. 그 제작자 이름은 카인이었다. 사자들은 위엄이 있고, 덩치는 아담하다. 사람들이 말하길, 밤마다 사자들이 차례로 받침대에서 내려와 어두운 광장 주변을 조용히 돌며, 때때로 먼지 덮인 큰 무화과나무 밑에서 오래도록 오줌을 눈다고 한다. 당연히 오랑 사람들이라면 너그럽게 귀를 기울여주는 입소문이다. 하지만 도저히 믿기지 않는다.

약간 조사해봤지만, 나는 카인에 대해 열정적일 수 없었

• 알제리 사람들의 또 다른 특징은, 다 알다시피 솔직함이다(원주).

다. 솜씨 좋은 동물 조각가로 이름이 높았다는 사실을 알아내는 데 그쳤다. 그런데도 나는 종종 그를 생각한다. 오랑에서라면 누구나 품게 되는 정신적 경향이다. 여기에 대수롭지 않은 작품을 남겼지만 명성이 자자한 한 예술가가 있다. 잔뜩 멋 부린 시청 앞에 그가 세운 온순한 야수들은 몇십만 명의 사람들에게 친숙하다. 아닌 게 아니라 예술가로서 성공하는 길 중 하나다. 아마 사자 두 마리도 동일 장르의 숱한 작품들과 마찬가지로 재능과는 다른 무엇인가를 입증하고 있을지 모른다. 〈야간 순찰〉,• 〈성흔을 받는 프란체스코 성자〉,•• 〈다비드〉,••• 〈꽃의 찬양〉•••• 같은 작품을 만들 수 있던 예술가들도 있다. 카인은 바다 건너 상업의 요충지에 명랑한 낯짝 두 개를 만들어 세웠다. 하지만 다비드상은 언젠가 피렌체와 함께 주저앉을 테지만, 사자는 아마 재앙을 피할 수 있을 것이다. 다시 한번

• 네덜란드의 화가 렘브란트가 1642년에 발표한 유화.

•• 이탈리아의 화가 조토 디본도네(1226?~1337)가 1200년대 후반에 완성한 프레스코화.

••• 미켈란젤로가 1500년대 초 조각한 대리석상.

•••• 기원전 5세기 무렵 고대 그리스의 대리석 조각을 가리키는 현대적 이름.

더 이 사자들은 다른 무엇인가를 보여준다.

이런 생각을 명확하게 말할 수 있을까. 이 작품 속에는 무의미와 견고함이 들어 있다. 거기에 담긴 정신은 아무것도 아니지만, 재료는 크나큰 의미를 지닌다. 평범한 작품은 모든 수단을 동원해서 지속하려고 한다. 청동도 거기에 포함된다. 사람들이 그 작품에 영원성의 권리를 부여하지 않으려고 해도 그 작품은 날마다 제 권리를 챙긴다. 그것이 바로 영원성이 아닐까? 아무튼 이런 끈기는 감동적인 구석이 있고, 저 나름의 교훈, 오랑의 모든 기념물의 교훈과 오랑 자체의 교훈을 지니고 있다. 그 끈기 덕분에 사람들은 하루에 한 차례 혹은 어쩌다 한번 대수롭지 않은 작품에 주목하지 않을 수 없다. 정신은 이런 반복을 통해 이로움을 찾는다. 그것은 약간의 정신적 위생이고, 정신에는 절대적으로 겸손할 때가 있어야 하므로, 이처럼 스스로 멍청해지는 기회는 더할 나위 없이 소중해 보인다. 사라질 수 있는 모든 것은 지속하기를 바란다. 인간의 모든 작품은 그 밖에 다른 뭔가를 전혀 의미하지 않는다. 이런 측면에서 카인의 사자들은 앙코르의 유적들과 똑같은 기회를 누리고 있다. 이래서 우리는 겸허해지게 된다.

오랑에는 다른 기념물들도 있다. 거기에 기념물이라는

이름을 붙여줘야 한다. 왜냐하면 그것들도 나름대로 도시를 위해 증언하고 있고, 어쩌면 더 의미심장한 방법으로 증언하고 있는지도 모른다. 현재 10여 킬로미터에 걸친 해안에서 벌어지는 대역사(大役事)가 그렇다. 원칙적으로 내포(內浦) 가운데 햇빛이 가장 찬란한 곳을 거대한 항구로 탈바꿈하는 작업이다. 더도 말고, 인간이 돌과 정면 대결하는 또 다른 기회다.

몇몇 플랑드르 거장들의 회화에서는 엄청난 규모의 주제가 끈질기게 되풀이된다. 그것은 바벨탑 세우기다. 어마어마한 풍경들, 하늘로 기어오르는 바위들, 일꾼들과 짐승들과 사다리와 괴상한 기계들과 밧줄들이 뒤엉킨 절벽들이 보인다. 그 그림에서 인간은, 어찌 보면 인간을 압도하는 공사장의 규모를 가늠하게 할 용도로 등장할 따름이다. 오랑 시 서쪽 절벽 꼭대기에 올라가서 아래를 내려다보면 그런 생각을 떠올리게 된다.

거대한 절벽에 매달린 레일, 광차, 기중기, 꼬마 기차들…… 집어삼킬 듯한 태양 아래에서 장난감 같은 기관차들이 기적 소리와 먼지와 연기를 통과해 거대한 돌 더미를 에돌아간다. 밤낮으로 개미 같은 사람들이 산의 연기 자욱한 뼈대에서 바삐 움직인다. 절벽 허리에 드리운 밧

줄 하나에 매달린 몇십 명의 사람들이 자동 착암기 자루를 배에 밀착한 채 한나절 내내 허공에서 흔들리며 먼지와 굉음 속에 무너지는 암벽들을 통째로 뜯어낸다. 더 멀리서 광차들이 벼랑 꼭대기에서 뒤집히고, 느닷없이 바다를 향해 쏟아진 바위들이 붕 떠서 물속으로 굴러떨어질 때, 그 큰 덩어리가 떨어질 때마다 뒤이어 더 가벼운 돌들의 소나기가 쏟아진다. 일정한 간격을 두고, 한밤중 또는 대낮에 발파작업이 산을 통째로 뒤흔들고, 바다를 들어 올린다.

인간은 이 공사장 한복판에서 돌을 정면 공격 한다. 이런 작업을 가능케 하는 노예적 노동의 혹사를 잠시라도 잊어버릴 수 있다면, 그것은 감탄할 일이다. 산에서 뜯어낸 이 돌들은 인간의 기획에 이바지한다. 돌들은 앞서 밀려오는 파도 아래 쌓였다가 조금씩 물 위로 모습을 나타내더니 마침내 방파제 모양으로 다듬어진다. 그 방파제는 날마다 먼바다를 향해 전진하는 인간과 기계들에 곧 뒤덮인다. 거대한 강철 이빨들이 끊임없이 절벽의 복부를 파헤치고 제자리에서 한 바퀴 빙 돌아 입 안 가득한 자갈들을 바다로 토해낸다. 절벽 꼭대기가 주저앉을수록 해안선 전체는 거침없이 바다를 침식해간다.

확실히, 돌을 파괴한다는 일은 가능하지 않다. 사람은 돌이 놓인 자리를 옮길 뿐이다. 아무튼 돌은 자신을 이용하는 인간보다 더 오래갈 것이다. 지금은 당분간 인간의 행동 의지를 밀어주고 있다. 아마도 이 공사는 쓸모없을지 모른다. 하지만 사물들의 자리 옮김은 인간이 할 일이다. 이 일을 하든지 아무 짓도 않든지 선택해야만 한다.• 분명히 오랑 사람들은 선택했다. 이 무심한 만(灣) 앞에서 그들은 향후 몇 년 동안 해안을 따라 조약돌을 쌓아 올릴 것이다. 100년 뒤에는, 즉 내일이면, 또 새로 시작해야 할 것이다. 하지만 오늘 이 바위 더미들은 먼지와 땀의 마스크를 쓰고서 들락날락하는 인간을 위해 증언하고 있다. 오랑의 진정한 기념물은 역시 그 돌들이다.

아리아드네의 돌

오랑 사람들은 소설가 플로베르의 친구•• 같아 보인다. 그는 죽을 때 둘도 없이 소중한 이 대지에 마지막 눈길을

• 이 에세이는 특정한 유혹을 다루고 있다. 사람은 그 유혹을 몸소 겪어서 깨달아야 한다. 그러고 나서 사람은 행동할 수도 있고, 안 할 수도 있지만, 그 까닭을 잘 알면서 선택해야 한다(원주).

•• 시인 알프레드 르 푸아트뱅(1816~1848).

던지면서 외쳤다. "창문을 닫아주세요. 너무 아름답네요." 오랑 사람들은 창문을 닫았고, 둘레에 벽을 둘러쳤고, 풍경을 쫓아냈다. 그런데 르 푸아트뱅은 죽었고, 그 이후, 나날이 끊임없이 계속됐다. 마찬가지로 오랑의 노란 벽 너머에서 바다와 대지는 무심한 대화를 계속 나눈다. 이 세계에 내포된 영속성은 인간에게 적대적인 위엄을 갖추고 있다. 영속성은 인간을 절망시키면서 동시에 열광시킨다. 세계는 단 한마디 외에는 말하지 않으면서 흥미를 유발했다가 이내 지루해진다. 하지만 막판에는 집요한 고집으로 인간을 물리친다. 그것은 늘 옳다.

오랑의 성문만 나서면 벌써 자연이 음성을 높인다. 카나스텔 쪽으로는 향내 풍기는 가시덤불로 뒤덮인 황무지가 있다. 태양과 바람은 거기서 고독에 대해서만 말한다. 오랑 위쪽으로 산타크루스산이 있고, 고원과 거기로 이어진 숱한 계곡이 있다. 옛날엔 사륜마차가 다니던 길들이 바다를 내려다보는 작은 언덕 허리에 달라붙어 있다. 적어도 1월이 되면, 몇몇 길들은 꽃으로 뒤덮인다. 데이지와 미나리아재비가 그런 길들을 노랑과 하양으로 수놓아서 화사한 산책로를 만든다. 산타크루스에 대해선 더 말할 게 없다. 하지만 한마디 더 보태야 한다면, 나는 축일마다

가파른 언덕길을 올라가는 신성한 행렬은 잊어버리고, 또 다른 순례 행렬을 떠올리고자 한다. 그 순례자들은 붉은 돌 사이로 난 길을 다붓하게 걸어서 잔잔한 만(灣) 위쪽까지 올라가서는 그 풍경의 알몸을 관조하느라 찬란하고 온전한 한 시간을 갖다 바친다.

오랑은 모래사막도 지니고 있다. 오랑의 해변을 말한다. 사람들이 성문만 나서면 마주치는 해변은 겨울과 봄에만 한적하다. 이때가 되면 고원에는 수선화가 만발하고, 작고 앙상한 별장들이 꽃에 파묻힌다. 바다는 저 아래에서 약간 으르렁댄다. 그런데 벌써 해와 산들바람, 수선화의 흰빛, 천연의 파란 하늘, 이 모든 것이 여름을, 그 무렵에 해변을 덮는 금빛 청춘을, 모래 위에서의 오랜 시간과 저녁의 갑작스러운 살가움을 상상케 한다. 해마다 이 바닷가에서는 꽃 핀 아가씨들의 새로운 수확 철이 열린다. 명백히 그 꽃들은 한 철밖에 없다. 이듬해에는, 지난여름만 해도 꽃봉오리처럼 몸매가 단단한 소녀에 그쳤던 다른 꽃들이 그 자리를 대신한다. 오전 11시가 되면, 조잡하게 울긋불긋한 천을 겨우 걸친 그 모든 젊은 육체들이 고원에서 내려오고 모래밭에서 다채색의 파도처럼 부서진다.

늘 순결한 풍경을 발견하려면 더 멀리(그러면서도 신기하게도 이십만 명이 빙빙 도는 이곳 바로 옆으로) 가야 한다. 사람이 다녀간 흔적이라고는 벌레 먹어 헐어빠진 오두막 한 채뿐인 외딸고 긴 모래언덕이 있다. 때때로 아랍인 양치기가 베이지색과 검은색의 얼루기 염소 떼를 모래언덕 꼭대기로 몰고 간다. 오랑의 해변에서, 여름 아침은 날마다 세상의 첫 아침이 된 듯한 기풍을 띤다. 황혼은 날마다 마지막 황혼인 듯, 석양 속에서 모든 색조를 어둡게 하는 마지막 빛으로 장엄한 임종을 알린다. 바다는 짙은 쪽빛이고, 길은 엉긴 핏빛이고, 해변은 노란빛이다. 만물이 초록빛 태양과 함께 사라지고, 한 시간이 지나면 모래언덕엔 달빛이 흘러넘친다. 그러면 별빛의 비가 쏟아지는 광막한 밤이 온다. 가끔 뇌우가 밤을 가로지르고, 번개가 모래언덕을 끼고 달리면서 하늘을 창백하게 하고, 모래 위와 사람의 눈동자 속에 오렌지빛 섬광을 뿌린다.

그러나 이 현상은 언어로 남과 나눌 수 없다. 저마다 체험해봐야 한다. 그만큼의 고독과 위대함이 이곳에 잊힐 수 없는 얼굴을 남긴다. 미지근한 새벽에, 아직은 검고 씁쓸한 첫 물결이 지나가면, 새로 태어난 존재가 혼자 지고 가기에는 무거운 어둠의 물을 헤치고 나간다. 이러한 기쁨들의 추억은 나를 후회하게 하지 않는다. 그래서 나는 그 기쁨들이 좋았다고 인정한다. 숱한 세월이 흐른 뒤, 이 마음 어딘가에 그 기쁨은 힘겹더라도 고스란히 남아 있다. 그래서 나는 오늘도 내가 그곳으로 되돌아간다면, 똑같은 하늘이 그 외딴 모래언덕 위에 숨결과 별들이 가득한 짐을 부리고 있으리라는 걸 알고 있다. 그곳이야말로 순수의 땅이다.

그러나 순수는 모래와 돌이 필요하다. 그런데 인간은 모래와 돌의 땅에서 사는 법을 잊어버렸다. 적어도 그러해 보인다. 인간은 자신을 권태가 잠자는 이 괴상한 도시 안에 가둬버렸으니까. 그런데 오랑의 가치는 바로 이러한 대립 덕분에 생겨난다. 순수와 아름다움에 포위된 권태의 수도, 이곳을 둘러싼 군대는 돌들만큼이나 많은 병력을 갖췄다. 그런데 이 도시에서 어느 때는, 그만 적진으로 넘어가고 싶은 유혹이 얼마나 강한가! 저 돌들과 합치고, 역사와 그것의 몸부림을 무시하는 저 불타면서도 냉정한 세계와 뒤섞이려는 그 욕망이란! 아마도 그것은 헛된 짓이리라. 하지만 인간에게는 저마다 파괴도 창조도 아닌 심오한 본능이 있다. 단지 그 무엇과도 닮지 않으려는 본능이다. 오랑의 뜨거운 벽돌 그늘에서, 그 먼지투성이 아스팔트 위에서 우리는 가끔 이런 초대의 소리를 듣게 된다.

잠시 그 소리에 굴복하는 정신의 소유자들도 전혀 실망하지 않는 듯하다. 그것은 에우리디케의 암흑이요, 이시스의 잠이다. 여기 이 사막들에서, 인간의 생각이 저녁의 서늘한 손을 요동치던 심장에 올려놓고, 제힘을 찾으려고 한다. 이 감람산 위에서 밤샘 기도는 쓸모없다. 정신이 합세해 잠든 사도(使徒)들에게 동의한다. 그들은 정말로 오류를 저질렀나? 아무튼 그들은 나름대로 계시를 받는다.

사막에 있는 석가모니를 떠올려보라. 그는 그곳에서 움직이지 않은 채 웅크리고 하늘을 올려다보면서 여러 해 동안 머물렀다. 신들조차 그의 깨달음과 그 돌의 운명을 시기했다. 그가 내밀어 굳어버린 두 손에 제비들이 둥지를 틀었다. 그런데 어느 날 제비들은 먼 고장의 부름을 받고 날아가버렸다. 내면의 욕망과 의지와 영광과 고뇌를 다 죽였던 그이도 눈물을 흘리기 시작했다. 그러자 꽃들이 바위를 뚫고 피어올랐다. 그래, 마땅히 그리해야 할 때는 돌에도 승복하자. 우리가 사람의 얼굴들에서 구하려는 비밀과 열정을 돌 또한 우리에게 줄 수 있다. 아마도 그런 것이 오래가지는 못할지 모른다. 하지만 오래가는 게 도대체 어디 있는가? 얼굴의 비밀은 흔적도 없이 사라지고 우리는 욕망의 사슬 속에 다시 던져진다. 만약 돌이 우리를 위해 인간의 마음보다 더 많은 것을 해주지는 못한다고 하더라도 적어도 그만큼은 해줄 수 있다.

"무(無)가 되어라!" 수천 년 동안 이 위대한 외침은 수백만 명의 사람들을 감화시켜서 욕망과 고통에 저항하게 했다. 그 메아리는 수 세기와 여러 대양을 거쳐 이곳에서, 세상에서 가장 오래된 저 바다 위에서 막 사라졌다. 그것은 오랑의 밀집한 낭떠러지에 부딪혀 은은하게 여전히 되울리고 있다. 이 고장에서 모든 사람이 저도 모르게 그 반향의 충고를 따른다. 당연히 이것은 거의 헛된 짓이다. 무는 절대와 마찬가지로 우리가 이르지 못할 곳이다. 하지만 우리가 장미와 인간의 고통에 담긴 영원한 신호들을 은총의 증거로 여기며 받아들이고 있으니, 대지가 우리에게 주는 잠에의 드문 초대를 거절하지는 말자. 한쪽은 다른 한쪽 못지않게 진실을 지니고 있다.

어쩌면 여기에 몽유병과 정신착란에 걸린 이 도시를 구원할 아리아드네의 실이 있는지도 모른다. 사람들은 여기서 어떤 권태의 아주 일시적인 미덕을 배운다. 목숨을 구하려면 미노타우로스에게 '네'라고 해야 한다. 이는 오래되고 두루 통하는 지혜다. 붉은 낭떠러지의 발치에서 고요한 바다를 굽어보면서, 우리는 오른쪽에서 왼쪽으로 맑은 물에 씻기는 두 개의 웅장한 갑(岬)의 중간 지점에서 균형을 유지하기만 해도 된다. 환한 빛에 잠겨 먼바다로 나아가는 해안 경비선의 헐떡거림 속에서 비로소 비인간적이고 번득이는 힘의 둔탁한 외침이 새록새록 들린다. 그것은 떠나가는 미노타우로스의 작별 인사다.

이제 정오, 낮 그 자체는 균형 상태다. 의식을 다 치르고 나면, 나그네는 자기해방의 보상을 받는다. 수선화처럼 물기 없고 부드러운 작은 조약돌 한 개를 낭떠러지에서 줍게 된다. 깨친 사람이라면 이 세계를 이 작은 돌보다 더 무겁지 않게 들어 올린다. 아틀라스의 임무는 손쉽게 되니 그저 편한 때를 고르면 된다. 그러면 우리는 한 시간, 한 달, 한 해 동안 이 해변이 자유를 누리게 됐음을 깨닫는다. 이곳은 수도승이든 관리자든 혹은 정복자든 따져보지도 않은 채 다 받아들인다. 어떤 날에 나는 오랑의 거리에서 데카르트 또는 체사레 보르자와 우연히 마주치기를 기대하기도 했다. 그런 일은 일어나지 않았다. 다른 사람이 나보다 더 운이 좋을지도 모른다. 옛날에는 어떤 위대한 행동, 위대한 작품, 남성적 명상을 위해 사막이나 수도원의 고독이 필요했다. 사람들은 거기서 기사 서약의 전야(前夜)를 보냈다. 그러나 오늘날에는 정신 나간 미색

(美色) 속에 오래도록 자리 잡으려고 건설된 대도시의 공터보다 그런 의식을 치르기에 더 좋은 곳이 어디에 있겠는가.

여기 수선화처럼 부드러운 돌이 있다. 이 돌은 모든 것의 시작에 놓여 있다. 꽃, 눈물(애착이 있다면), 출발, 그리고 싸움은 모두 나중의 일이다. 대낮에 하늘이 드넓고 낭랑한 공간 속에 빛의 샘을 열어놓을 때, 해안의 모든 곶이 출항하려는 선단(船團)처럼 보인다. 바위와 빛의 육중한 갤리선들이 마치 태양의 섬들을 향해 나아갈 준비를 하는 듯 용골 위에서 부르르 떤다. 오, 오랑 지방의 아침이여! 고원 꼭대기로부터 제비 떼는 대기가 끓고 있는 거대한 물통 속으로 뛰어든다. 출발 준비를 마친 전 해안에 모험의 전율이 질주한다. 아마 내일 우리는 함께 출발할 것이다.

(1939)

아몬드나무들

"내가 세상에서 가장 감탄하는 게 뭔지 아시오?" 나폴레옹이 퐁탄•에게 말했다. "뭐 하나라도 제대로 세울 수 없다는 힘의 무능함이오. 이 세상엔 두 가지 권력이 있소. 칼과 정신. 결국 칼이 정신에 굴복하고 맙니다."

알다시피 정복자들은 때때로 우울해진다. 그 숱하게 헛된 영광의 대가를 어느 정도 치러야 한다. 하지만 100년 전 칼에 적용돼 옳다고 한 진실이 오늘날 탱크에도 옳다고 할 수는 없다. 정복자들은 승승장구했고, 고귀한 정신이 사라진 지역들의 음울한 침묵이 여러 해에 걸쳐 갈가리 찢긴 유럽에 굳게 자리 잡았다. 저 끔찍한 플랑드르 전

• 프랑스의 시인이자 정치가인 루이 마르셀랭 퐁탄(1757~1821).

쟁• 때, 화가들은 아마 가금 사육장 속의 수탉들을 그리며 지냈을지 모른다. 마찬가지로 사람들은 백년전쟁••을 잊고 지냈는데, 그렇긴 해도 슐레지엔 신비주의자들의 기도는 아직도 몇몇 사람들의 마음에 맴돈다. 하지만 세상은 변했고, 화가와 승려들도 징집당한다. 우리는 이 세계에 연대책임을 지고 있다. 정신은 한 정복자가 인정했던 그 위풍당당한 확신을 상실했다. 이제 정신은 힘을 통제할 수 없게 되자 그 힘을 저주하느라 안간힘을 쓰고 있다.

선량한 영혼의 소유자들은 저주가 나쁜 짓이라고 하면서 돌아다닌다. 그러나 우리는 그게 나쁜지는 모르더라도 그런 게 있다는 것은 안다. 결론인즉 그렇게 정리해둬야 한다는 것이다. 우리는 우리가 바라는 것을 알기만 하면 된다. 그러니까 우리의 진정한 바람이란, 결코 다시는 칼 앞에 고개를 숙이지 않는 것이며, 정신을 섬기지 않는 힘에 결코 정당성을 부여하지 않는 것이다.

사실 그것은 끝이 없는 과제다. 우리는 그 과제를 계속

• 프랑스의 루이 14세가 스페인령 네덜란드를 침략하며 일으킨 전쟁.

•• 프랑스의 왕위 계승 문제와 플랑드르에서의 주도권 싸움이 원인이 되어 프랑스와 영국 사이에 벌어진 전쟁.

수행하기 위해 여기에 있다. 나는 진보나 그 어떤 역사철학에 찬동할 만큼 이성을 신뢰하지는 않는다. 나는 그래도 인간이 제 운명을 의식하는 일에 있어서는 결코 전진을 멈춘 적이 없다고 믿는다. 우리는 인간의 조건을 극복하지는 못했더라도 그것을 더 잘 알고 있다. 우리는 모순에 처해 있지만, 그래도 모순을 거부하고 모순을 줄이기 위해 해야 할 일이 무엇인지 안다. 우리의 인간적 과제는 자유로운 영혼의 끝없는 불안을 달래줄 어떤 처방전을 찾는 일이다. 우리는 찢긴 유럽을 다시 꿰매서, 명백히 부당한 세상에서 정의를 꿈꿀 수 있게 하고, 금세기의 불행에 중독된 사람들에게 행복이 의미 있는 것이 되도록 만들어야 한다. 당연히 이것은 초인적인 과제다. 하지만 우리는 오래 걸려야 완수할 수 있는 과제를 가리켜 초인적이라고 부른다. 그게 전부다.

그러므로 우리의 바람이 무엇인지 알아야 하고, 비록 힘이 우리를 유혹하기 위해서 어떤 사상이나 위안의 얼굴을 취한다고 할지라도 정신을 굳게 다지고 있어야 한다. 첫 번째로 할 일은 절망하지 않는 것이다. 세상의 종말을 외치는 사람들에게 너무 귀를 기울이지 말자. 문명은 그리 쉽게 소멸하지 않고, 이 세상이 무너지더라도 맨 나중에 일어날 일이다. 우리가 비극적 시대에 살고 있다는 것은 사실이다. 하지만 너무 많은 사람이 비극과 절망을 혼동하고 있다. "비극은 불행을 진짜로 크게 걷어차는 발길질이어야만 한다"라고 로런스는 말했다.• 건전하고 즉시 적용할 만한 생각이다. 오늘날 이런 발길질을 당해도 마땅한 일들이 수두룩하다.

알제에 살 때 나는 늘 겨울을 견뎠다. 왜냐하면 어느 날 밤에, 2월의 쌀쌀하고 순수한 단 하룻밤에, 레 콩쉴 계곡의 아몬드나무들이 하얀 꽃들로 뒤덮이리라는 걸 알았기 때문이다. 그러고 나서 나는 그 연약한 눈빛 꽃이 빗줄기와 해풍에 저항하는 광경을 보고 황홀해했다. 해마다 그 꽃은 단지 열매를 맺는 데 필요한 만큼만 그토록 버텨냈다.

그것은 도대체 어떤 상징이 아니다. 우리는 상징을 이용해 행복을 획득하지는 않는다. 더 진지한 무엇이 필요하다. 내가 오로지 하고 싶은 말은 불행이 가득한 이 유럽에서 때때로 삶의 짐이 무거울 때, 그토록 많은 힘이 아직

• 영국의 소설가 D. H. 로런스(1885~1930)가 1912년에 쓴 한 통의 편지에서 '비극 문학'의 현실 비판을 강조하기 위해 던진 발언. 그는 현대 서구 사회의 비극성을 철저하게 탐구하는 비극 문학이 역설적으로 인간의 불행을 극복할 힘을 살린다고 봤다.

도 고스란히 남아 있는 저 빛나는 지역들을 되돌아보게 된다는 뜻이다. 내가 잘 아는 그곳들이 여전히 성찰과 용기가 균형을 이루도록 선택된 땅임을 인정하지 않을 수 없다. 그곳들의 모범적 성찰을 통해 내가 얻은 가르침이란, 우리가 정신을 구하고자 한다면 구슬피 우는 정신의 효능은 무시해버리고 정신의 위력과 위엄을 더욱 강화하라는 것이다. 이 세계는 불행에 중독돼 거기에 자족하고 있는 듯하다. 이 세계는 니체가 무거움의 정신이라고 칭한 악에 빠져 있다. 그 악에 손을 빌려주지 말자. 정신이 안타까워 대성통곡하는 일은 헛된 짓이니, 정신을 위하여 일하면 충분하다.

정신의 의기양양한 미덕들은 어디에 있는가? 앞서 말한 니체는 무거움의 정신에 치명적인 맞수가 될 미덕들을 열거했다. 다름 아닌 기개의 힘, 안목, 이 '세계', 고전적 행복, 확고한 자긍심, 지혜로운 사람의 냉정한 검약이다. 이런 미덕들은 그 어느 때보다 필요하고, 저마다 자신에게 적합한 미덕을 고를 수 있다. 이 엄청난 시합을 눈앞에 두고서, 무엇보다도 기개의 힘을 잊어서는 안 된다. 선거운동의 연단에서 미간을 찌푸리거나 협박을 동반하는 그런 힘을 말하는 게 아니다. 내가 말하고자 하는 바는, 휜

빛과 수액의 미덕으로 모든 해풍에 저항하는 기개의 힘이다. 그 힘이야말로 이 세계의 겨울 속에서 열매를 키울 것이다.

(1940)

저승에 간 프로메테우스

내가 보기에, 신의 맞수가 전혀 존재하지 않는 한 신성에 어떤 결점이 있는 듯하다.

—루키아노스, 《캅카스의 프로메테우스》

오늘날의 인간에게 프로메테우스는 어떤 의미를 지닐까? 아마도 신들에게 맞섰던 그 반항아는 현대인의 모델이고, 수천 년 전 스키타이 사막에서 일어난 그 항의 사태는 오늘날 비교할 데가 없는 역사의 경련 속에서 마무리되고 있다고 할 수 있으리라. 하지만 동시에 그 박해받은 자가 우리 가운데에서 계속 박해받고 있으며, 우리는 그가 고독하게 타전하는 인간적 반항의 저 엄청난 절규에 여전히 귀를 막고 있다고 할 수도 있다.

오늘날의 인간은 사실 이 대지의 좁은 표면 위에서 엄청나게 무리를 지어 고통받고 있고, 불도 식량도 없는 인간에게 자유란 유예될 수도 있는 사치에 해당한다. 그래서 기껏해야 인간 문제란 좀 더 고통받고 있다는 사실뿐이고, 마찬가지로 자유와 그 자유의 마지막 증인들이 좀 더 많이 사라지는 현상만이 문제가 된다. 프로메테우스, 그는 인간을 너무 사랑해서 불과 자유를, 기술과 예술을 동시에 건네준 영웅이다. 오늘날 인류는 오로지 기술만 필요로 하고, 기술에만 관심을 쏟는다. 인류는 기계들 속에서 반항하고, 예술과 그 예술의 전제 조건을 한갓 장애물과 예속의 표시로 여긴다. 그와 반대로 프로메테우스의 특징은 기계와 예술을 분리하지 못한다는 점이다. 그는 우리가 육체와 영혼을 동시에 해방할 수 있다고 생각한다. 현대인은 정신이 잠정적으로 죽는다고 하더라도, 육체를 먼저 해방해야 한다고 믿는다. 하지만 정신이 잠정적으로 죽을 수 있을까? 솔직히 말해서 만약 프로메테우스가 돌아온다면, 오늘날의 인간은 신들이 옛적에 그에게 한 짓을 되풀이할 것이다. 그가 최초로 상징했던 바로 그 휴머니즘의 이름으로 그를 바위에 못 박을 것이다. 그리고 그 패자를 모욕하는 적대적 목소리들은 아이스킬로스 비극의 문턱에서 울리던 그 목소리들, 다름 아닌 힘과 폭력의 목소리들일 것이다.

나는 이 인색한 시대에, 헐벗은 나무들에, 이 세계의 겨울에 굴복하고 있나? 하지만 나는 빛을 향한 향수를 간직하고 있다는 점에서 올바름을 인정받는다. 그 향수는 또 다른 세계, 내 진정한 고향에 대해 말해준다. 몇몇 사람들에게 그 향수는 여전히 의미가 있을까? 전쟁이 터진 해에, 나는 오디세우스의 대항해를 재연하기 위해 배를 탈 예정이었다. 그 시절엔 가난한 청년이라도 빛을 만나기 위해 바다를 가로지르는 대담한 계획을 세울 수 있었다. 하지만 나는 남들처럼 했다. 배를 타지 않은 것이다. 열린 지옥의 문 앞에 서성거리는 행렬 틈에 자리를 잡았다. 조금씩 우리는 지옥 안으로 들어갔다. 무고한 죽음의 첫 비명과 함께 문이 우리 등 뒤로 철컥 닫혔다. 우리는 지옥에 있었고, 결코 나오지 못했다. 6년의 긴 세월 동안 우리는 어떻게 해보려고 애를 썼다. 행복한 섬의 열띤 유령들이 앞으로 다가올 불도 태양도 없는 긴 세월의 끝에서만 어룽거렸다.

이러니 이 축축하고 어두운 유럽에서, 지난날 늙은 샤토브리앙•이 그리스로 떠나는 앙페르에게 던진 저 외침

• 프랑스의 낭만주의 문학을 대표하는 작가이자 왕당파 정치가인 프랑수아르네 드 샤토브리앙(1768~1848). 그는 1806년 파리를 떠나 105일 동안 그리스, 터키, 팔레스타인, 이집트를 둘러봤다. 그는 고대 그리스 문명을 그리워하면서 폐허가 된 유적지에서 '낙원 상실'의 비감을 토로했고, 터키 주재 영국 대사 엘긴이 판테온 신전의 대리석 조각을 뜯어낸 '파괴 행위'를 지적했다.

을• 어찌 회한과 곤혹스러운 공감에 몸서리치면서 받아들이지 않을 수 있겠는가. "자네는 내가 아티카에서 본 올리브나무 잎사귀 하나, 포도 씨 한 톨 찾아내지 못하고 말걸세. 나는 내 시절의 풀 한 포기조차 그리워하네. 내게는 히스 한 포기 살릴 힘도 없었다네." 그런데 우리 또한 젊은 피에도 불구하고, 이 마지막 세기의 끔찍한 노화에 갇혀 간혹 모든 시절의 풀을, 우리가 그것 자체만 보기 위해 더는 찾아가지 않을 올리브나무 잎사귀를, 자유의 포도송이들을 그리워한다. 인간은 어디에나 있고, 인간의 절규와 고통, 그리고 위협도 어디에나 있다. 이토록 운집한 피조물들 사이에 이제 귀뚜라미를 위한 자리는 없다. 역사는 히스가 더 돋아나지 않는 불모의 땅이다. 오늘날의 인간은 그런데도 역사를 선택했고, 그것을 외면할 수도 없고, 외면해서도 안 된다. 하지만 인간은 역사를 노예로 삼기는커녕 날마다 조금씩 기꺼이 역사의 노예가 된다. 이렇게 인간은 '생각이 대담하고 마음이 경쾌한' 저 아들 프로메테

• 프랑스의 문헌학자이자 문인, 여행가인 장 자크 앙페르(1800~1864). 그는 1841년 북아프리카와 그리스를 여행했다. 앙페르가 여행을 떠나기 전 생의 말년에 접어든 샤토브리앙이 폐허가 된 그리스 문명의 유적지 실태를 일깨워주면서 큰 기대를 걸지 말라고 충고한 듯하다.

우스를 배반한다. 이렇듯 인간은 프로메테우스가 구원하고자 했던 인류의 비참으로 되돌아간다. "그들은 꿈속의 형상들처럼 보면서 못 보고, 들으면서 듣지 못한다."

그렇다. 프로방스의 어느 저녁, 하나의 완벽한 언덕, 한 줌의 소금 냄새만으로도 해야 할 모든 일이 여전히 코앞에 있음을 알아차릴 수 있다. 우리는 불을 다시 발명해야 하고, 육체의 허기를 달래기 위해 작업대를 다시 설치해야 한다. 아티카라든지, 자유라든지, 그 포도 수확이라든지, 영혼의 빵일랑 나중의 일이다. 우리가 할 수 있는 일이라곤 우리 자신에게 외치는 것뿐이다. "그것들은 더는 있지 않을 것이거나 남들을 위해 있을 것이다." 그리고 다른 사람들이라도 낙담하지 않도록 우리가 할 일을 하는 수밖에 없다. 그것을 통렬하게 느끼고, 그러면서도 씁쓸하지 않은 심정으로 받아들이는 우리는 뒤처지는가 전진하는가, 그리고 우리에게는 히스를 다시 살릴 힘이 있는 것일까.

금세기에 제기되는 이 질문에 대해 우리는 프로메테우스의 답변은 어떨지 상상한다. 사실 그는 이미 선언했다. "죽어야 할 존재들이여, 나는 너희에게 개혁과 개선을 약속한다. 너희가 너희 손으로 그 작업을 해낼 정도로 넉넉히 솜씨 좋고, 덕성이 있고, 강인하다면 말이다." 구원이 우리 손바닥에 있다는 것이 사실이라면, 나는 몇몇 지인들에게서 늘 느끼는 성찰의 힘과 용의주도한 용기 덕분에 금세기의 질문에 '네'라고 답하리라. "오, 정의여. 오, 내 어머니시여. 내가 당하고 있는 고통이 보이지 않는가"라고 프로메테우스는 외친다. 그런데 헤르메스가 그 영웅을 능멸한다. "신이면서도 네가 당할 고통을 내다보지 못했다니 놀랍도다"라고. 반항아가 답한다. "내 알고 있었노라." 내가 언급한 사람들 또한 정의의 아들들이다. 그들도 전후 사정을 잘 알면서 모든 사람의 불행에 고통스러워한다. 그들은 눈먼 정의란 없음을 잘 안다. 그들은 역사에는 눈알이 없으므로 역사의 정의를 내던져버리고서 가능한 한 인간 정신이 구상한 정의로 역사의 정의를 대체해야 한다는 것도 잘 알고 있다. 바로 이런 측면에서 프로메테우스는 우리의 세기 속으로 다시 돌아온다.

신화는 그 자체로는 생명력이 없다. 우리가 피와 살로 형상화해주기를 기다린다. 이 세상에서 단 한 사람이라도 신화의 부름에 응한다면, 신화는 그 싱싱한 즙을 고스란히 선사할 것이다. 우리는 그 신화의 정기(精氣)를 잘 보존해서 신화가 잠든 채 죽지 않고 부활할 수 있게 해야 한다. 나는 때때로 오늘의 인간이 구원받을 수 있을지 의문을 품는다. 하지만 그 인간의 어린아이들이 육체와 영혼 모두 구원받을 가능성은 여전히 있다. 동시에 그 아이들에게 행복과 아름다움의 기회를 동시에 제공하는 일도 가능하다. 만약 우리가 아름다움도, 아름다움이 의미하는 자유도 없이 살기로 체념해야 하는 상황에 놓인다면, 숱한 신화들 가운데 프로메테우스의 신화를 통해 우리는 모든 인간 훼손이 잠정적인 현상에 지나지 않고, 인류 전체에 봉사하지 않는다면 누구에게도 봉사하지 않는 꼴이라는 사실을 깨닫게 될 것이다. 인간이 빵과 히스를 원하되, 그중에서 빵이 가장 긴요하다고 하더라도, 우리는 히스의 추억을 고이 간직하도록 배우자. 역사의 가장 어두운 중심에서 프로메테우스의 인간들은 고된 직무를 멈추지 않은 채 대지 위에, 그리고 지칠 줄 모르는 히스 위에 눈길을 던질 것이다. 사슬에 묶인 영웅은 신들이 던지는 천둥번개 속에서도 인간을 향해 차분한 믿음을 간직하고 있다. 그렇게 그는 바위보다 끈질기고 그의 심장을 쪼아대는 독수리보다 더 인내력이 강하다. 우리에게는 그의 오랜 끈기가 신들에 대한 반항보다도 더 큰 의미를 안겨준다. 그래서 어느 것도 떼어놓지 않고, 배제하지도 않으려는 저 경탄할 만한 의지가 인간의 아픈 마음과 이 세계의 봄을 항상 화해시켜왔고, 앞으로도 화해시킬 것이다.

(1946)

과거가 없는 도시들을 간략하게 안내하기

알제의 감미로움은 차라리 이탈리아풍이다. 오랑의 견딜 수 없는 눈부심은 어딘가 스페인 분위기를 지니고 있다. 뤼멜 협곡 위쪽의 바위산에 올라앉은 콩스탕틴은 톨레도•를 떠올리게 한다. 그런데 스페인과 이탈리아에선 추억과 예술 작품, 그리고 모범적인 유적들이 흘러넘친다. 더구나 톨레도는 그레코와 바레스의 작품들을 보유하고 있다. 그와는 달리 내가 언급하는 도시들은 과거가 없다. 요컨대 몰입감도 주지 않고, 푸근한 감동도 주지 않는 도시들이다. 낮잠 시간의 따분함 속에서 슬픔이 견디기 어려울 만큼 무자비하다보니 멜랑콜리는 아예 설 자리가 없다. 아침 햇살이나 밤의 자연스러운 사치 속에서도 기

• 스페인 남쪽의 도시로, 수많은 유적이 있다.

쁨은 전혀 감미롭지 않다. 이 도시들은 성찰하기 위해서는 아무것도 제공하지 않지만, 정열을 위해서는 모든 것을 다 제공한다. 현명함이나 섬세한 안목이 생길 턱이 없다. 바레스나 그와 비슷한 사람들은 그곳에 갔다간 만신창이가 될 것이다.

열정(타인을 향한 열정)의 여행자들, 신경이 너무 예민한 지성인들, 탐미적인 사람들, 그리고 신혼부부들은 알제리 여행에서 얻는 게 하나도 없다. 그리고 어떤 절대적 소명감이 있다면 몰라도, 그 누구더러 이곳에서 영원히 머물라고 권할 수도 없을 것이다. 가끔 파리에서 내가 존중하는 사람들이 알제리에 관해 물어보면 나는 "거기에 가지 마세요"라고 외치고 싶어진다. 이 농담은 나름대로 일리가 있으리라. 나는 그들이 기대하는 바가 무엇인지 잘 알면서 그들이 결코 만족하지 못하리라는 사실도 잘 알기 때문이다. 그리고 나는 동시에 그 고장의 불가사의와 능청스러운 권능을 잘 알고 있다. 거기에서 오래 꾸물거리게 되는 사람들을 사로잡아 붙들어 매고, 우선 질문할 권리를 박탈해놓고선, 숱한 나날의 삶 속에 묻혀 잠들어버리게 하고 마는 그 의뭉스러운 방식을 잘 알고 있다. 얼마나 눈부신지 눈앞을 컴컴하고 새하얗게 만드는 그 햇빛의 분출은 처음엔 어딘가 숨 막히는 데가 있다. 우리는 거기에 몸을 맡기고, 묶여버리고 나서야 너무 오래가는 그 눈부심이 영혼에 별 도움이 되지 않고, 지나친 쾌락에 지나지 않음을 깨닫게 된다. 그렇게 되면 사람들은 정신 쪽으로 되돌아오려고 한다. 하지만 그 고장 사람들은 언뜻 봐도 정신보다 감정이 강하고, 그것이 그들의 힘이다. 그들은 당신의 친구(얼마나 기막힌 친구인가!)가 될 순 있겠지만, 당신이 믿고서 흉금을 털어놓을 만큼 입이 무거운 친구는 안 될 것이다. 요컨대 영혼을 펑펑 소비하고, 속내 이야기의 물길이 분수들과 석상들과 공원들 사이로 졸졸 흐르는 이 프랑스 파리에서라면 그런 친구를 사귄다는 게 아마 꺼림칙하게 여겨질지도 모를 일이다.

그 고장과 가장 닮은 곳은 스페인에 있다. 하지만 유구한 전통문화가 없다면, 스페인은 그저 아름다운 사막일 뿐이리라. 어쩌다 사막에 태어나 살게 됐다면 몰라도 사막 속으로 물러나 영원히 살겠다는 인간 종족은 소수에 그친다. 아무튼 사막에서 태어난 나는 사막에 대해서 방문객처럼 이야기할 생각이 없다. 자신이 매우 사랑하는 여자의 매력 목록을 굳이 만들 사람이 있겠는가. 없다. 사랑은 통째로 하기 때문이다. 굳이 말한다면, 한두 가지 뚜렷한 살가움을 꼽을 수는 있겠다. 샐쭉해질 때 자주 짓는 표정이나 독특하게 머리를 흔드는 방식 정도는 있겠다. 나는 그렇게 알제리와 오랜 관계를 맺어왔다. 아무래도 끝맺음이 없을 듯한 그 관계 때문에 알제리를 완전히 명철하게 조명할 입장은 아니다. 그저 최선을 다한 끝에, 다소 추상적인 방식으로, 좋아하는 대상 속에서 좋아하는 측면의 세부 사항을 뚜렷이 드러낼 수는 있겠다. 알제리에 관해서 내가 지금부터 하려는 이야기는 학교에서 학생이 연습 문제를 푸는 것과 비슷하다.

그러니까 무엇보다도 그곳에서 청춘은 아름답다. 당연히 아랍인들이 다수를 차지하고, 나머지 종족들이 뒤를 잇는다. 알제리의 프랑스인들은 뜻밖에 혼혈로 이뤄진 잡종이다. 스페인 사람, 알자스 사람, 이탈리아 사람, 몰타섬 사람, 유대인, 그리스 사람이 한곳에서 모두 만났다. 이토록 적나라한 잡종 교배는 미국에서처럼 다행스러운 결과를 내놓았다. 알제 시내를 걸어 다니면서, 여인들과 젊은 남자들의 팔목을 바라보고, 파리 지하철에서 만나는 사람들을 한번 떠올려보라.

아직 젊은 여행자들은 또한 알제 여자들의 아름다움을 알아차릴 것이다. 확인해보기에 가장 적절한 곳은 알제의

미슐레가에 있는 대학 카페의 테라스다. 기왕이면 4월의 어느 일요일 아침에 가서 앉는다는 조건을 달고서 하는 소리다. 샌들을 신고 화려한 색상에 엷게 비치는 옷을 차려입은 젊은 여성들이 거리를 오간다. 누구나 가짜 수치심에 구애받지 않고 그녀들에게 감탄한다. 그녀들은 그런 대접을 받으려고 온다. 오랑에선 갈리에니 대로변에 있는 생트라 또한 좋은 관망대가 된다. 콩스탕틴에서는 야외 음악당 주변을 늘 산책하면 된다. 그러나 바다가 수백 킬로미터 떨어져 있으므로 거기서 만나는 사람들은 어딘가 좀 부족한 구석이 있을 것이다. 대체로 이런 지리적 위치 때문에 콩스탕틴이 매력은 덜하지만 그 권태의 품질은 더 섬세하다.

만약 여행자가 여름에 도착한다면, 첫 코스는 당연히 도시를 둘러싼 해변행이다. 거기에도 물론 젊은이들이, 덜 입었기 때문에 더 눈부신 젊은이들이 있다. 햇빛 때문에 그들의 눈빛은 덩치 큰 야수의 졸린 눈빛처럼 보인다. 이렇다보니 자연과 여성이 가장 야성적인 오랑의 해변이 가장 아름답다.

볼거리를 위해서라면 알제는 아랍인 도시를, 오랑은 흑인 마을과 스페인인 거리를, 콩스탕틴은 유대인 동네를 내놓는다. 알제에는 바다를 향해 목걸이처럼 길게 엮인 바닷가 큰길들이 있다. 밤에 산책해볼 만하다. 오랑에는 나무가 별로 없는 대신 세상에서 가장 아름다운 돌들이 널려 있다. 오랑에는 사람들이 사진 찍기 좋은 구름다리가 있다. 바람이 거세게 부는 날엔 다리가 뤼멜의 깊은 협곡 위에서 흔들리기 때문에 아찔한 쾌감을 안겨준다.

나는 감수성이 예민한 여행객들에게 알제에 가면 항구의 궁륭 아래로 가서 아니스 술을 마시고, 아침에는 항구 식당에서 막 잡아 와 숯불 화덕에 구워주는 생선을 먹어보라고 권한다. 그리고 이름은 기억나지 않지만 라 리르가에 있는 한 작은 카페에 가서 아랍 음악을 듣고 저녁 6시쯤에는 구베르느망 광장에 있는 오를레앙 대공 조각상 밑의 땅바닥에 앉아보고(대공을 보라는 게 아니라, 주변에 지나다니는 사람이 많고 훙겹기 때문이다), 그런 다음엔 바닷가에 기둥을 박아 세운 일종의 댄스홀 식당에 가서 점심을 먹어보라. 언제나 삶이 편안한 곳이다. 그리고 아랍인 공동묘지를 찾아가라. 우선 평화와 아름다움을 접하기 위해서, 곧이어 우리가 죽은 자들을 안치하는 저 역겨운 구역의 가치를 감정하기 위해서. 끝으로 카스바의 푸줏간 거리로 가서 비장, 간, 장간막, 핏방울을 아무 데나 떨구는 피투성이 허파들 사이에서 담배를 피워보라(끔찍한 악취의 중세 시대나 다름없는 곳이니 담배는 꼭 필요하다).

그 밖에 오랑에 가면 알제에 대해 험담할 줄 알아야 하고(오랑 항구의 무역항다운 우월성을 강조하면서), 알제에 가면(오랑 사람들은 '삶의 풍미를 모른다'라는 평판에 주저 없이 동의하면서) 오랑을 조롱할 줄 알아야 한다. 또한 어떤 경우에도, 알제리가 프랑스 본토보다 우월하다는 점을 겸허하게 인정할 줄 알아야 한다. 이렇게 한발 물러서면, 프랑스 사람들에 견주어볼 때 알제리 사람들이 지닌 진정한 우월성, 요컨대 그들의 무한한 관용과 타고난 환대를 음미하게 될 것이다.

그리하여 나는 아마도 이제 아이러니를 전혀 구사하지 않아도 될 듯하다. 뭐니 뭐니 해도 자신이 사랑하는 것에 대해 말하는 가장 좋은 방법은 경쾌하게 말하는 것이다. 알제리에 관한 한 나는 늘 나와 그곳을 잇고 있는 내 내면의 악기 줄을 눌러서, 익히 알고 있을 만큼 본능적이고 장중한 노래를 켜지 않을까 두렵다. 하지만 나는 적어도 알제리가 참된 고향이고, 이 세상 어디를 가더라도 그 고장의 아들들과 형제들이 나를 맞아 짓는 우정의 웃음만 봐도 그들을 알아본다고 떳떳이 말할 수 있다. 그렇다. 알제리의 도시들을 향한 내 사랑은 그곳에 모여 사는 사람들과 떼어놓을 수 없다. 그런 까닭으로 인해 이런 저녁 시간이 되면 고향에 가고 싶어진다. 저녁 무렵이면, 사무실과 집에서 군중이 제법 어두워진 거리로 왁자지껄 쏟아져 나와 바닷가 큰길까지 흘러간다. 밤이 오고 하늘의 빛들과 만(灣)의 등대들과 도시의 램프들이 구분할 수 없을 정도로 똑같은 박동 속으로 서서히 뒤섞임에 따라, 군중은 입을 다물기 시작한다. 모든 사람이 이처럼 물가에서 묵상에 빠지고, 숱한 고독들이 군중으로부터 터져 나온다. 그리하여 아프리카의 거대한 밤이, 장엄한 귀양살이가, 고독한 여행자를 기다리는 절망의 승화가 시작된다.

아니다. 당신은 확실히 거기에 가면 안 된다. 만약 당신의 심장이 미지근하게 느껴진다면, 그리고 당신의 영혼이 천박한 한 마리 짐승이라면! 하지만 네와 아니오, 정오와 자정, 반항과 사랑으로 찢겨 갈라진 심정이 무엇인지 겪어서 잘 아는 사람들을 위하여, 바닷가에 타오르는 화장(火葬) 장작더미를 사랑하는 사람들을 위하여 그곳에는 그들을 기다리는 한 줄기 불꽃이 있다.

(1947)

추방된 헬레네●

● 그리스 신화에 나오는 미녀이자 스파르타의 왕비. 트로이의 왕자 파리스에게 헬레네가 유괴되면서 트로이 전쟁이 일어난다.

지중해는 안개의 비극성이 아니라 태양의 비극성을 지니고 있다. 어떤 저녁 무렵, 산기슭을 낀 작은 해안의 완연한 곡선 위로 밤이 내리면, 그때 고요한 물결로부터 어떤 고뇌에 찬 충만감이 솟아난다. 우리는 그 광경을 보고 나서야 만약 고대 그리스인들이 절망에 이르렀었다면, 항상 아름다움과 그 아름다움의 억압적인 속성을 통해서 그랬음을 깨닫게 된다. 이 금빛 찬란한 불행 속에서 비극은 절정에 이른다. 우리 시대는 그와는 반대로 추악함과 격동 속에서 절망을 키워왔다. 그러므로 고통이 언젠가 비천해진다면, 유럽은 그만큼 비천해질 것이다.

우리는 아름다움을 추방해 유배지로 보냈지만, 그리스인들은 아름다움을 위하여 무기를 들었다. 하지만 근본적 차이는 더 멀리에서 찾게 된다. 고대 그리스 사상은 늘 한계의 관념을 방패로 삼았다. 신성(神性)과 인간 이성 그 어느 쪽도 극단까지 밀어붙이지 않았다. 왜냐하면 신성도 이성도 부정하지 않았기 때문이다. 빛으로 어둠과 균형을 이루면서 만물의 제 몫을 배려했다. 반대로 오늘날 우리 유럽은 총체성을 정복하겠다고 덤벼든 왈패다. 유럽은 스스로 찬양할 대상이 아니면 무엇이든지 부정하듯이 아름다움을 부정한다. 유럽은 비록 민족마다 다른 방식이긴 하지만, 오로지 유일한 목표, 요컨대 이성이 군림하는 미래 제국을 찬양할 따름이다. 이런 광기에 휩싸인 유럽이 영원한 한계의 관념을 폐기하자, 곧바로 어두운 복수의 여신들인 에리니에스가 들이닥쳐 유럽을 갈가리 찢어놓는다. 복수가 아닌 절제의 여신 네메시스도 지켜보고 있다. 그녀는 한계선을 넘는 자들을 무자비하게 징벌한다.

수 세기에 걸쳐 정의란 무엇인가 하는 질문을 던진 그리스인들은 우리의 정의 관념을 전혀 이해하지 못할 것이다. 그들은 형평성이 어떤 한계를 전제로 한다고 봤지만, 우리 대륙 전체는 총체적이기를 바라는 정의를 찾느라 경련을 일으키고 있다. 그리스 사상의 여명기에 헤라클레이토스는 이미 정의가 물질계 그 자체에 테두리를 두른다고 상상했다. "태양은 그 테두리를 넘지 않을 것이다. 그렇지 않으면 정의를 수호하는 복수의 여신들이 알아채고 말리라." 우주와 정신을 궤도에서 이탈시킨 우리는 그런 경고를 웃어넘길 것이다. 우리는 제정신을 잃은 하늘에 우리가 희망하는 태양들을 밝혀두고 있다. 하지만 그래도 테두리가 존재한다는 사실을 우리는 분명히 알고 있다. 우리는 극단적 정신착란 상태에서 등 뒤로 제쳐둔 어떤 균형을 꿈꾸면서 온갖 오류를 저지른 끝에 그 균형을 되찾으리라고 순진하게 믿는다. 유치한 어림짐작이고 우리의 광기를 물려받은 유아적 민족들이 오늘날 역사를 이끌고 가는 행위를 정당화한다.

역시 헤라클레이토스가 썼다는 잠언은 간결하게 선언한다. "어림짐작, 진보의 퇴행." 그리고 에페수스 사람보다 수 세기가 지나 소크라테스는 사형선고 위협을 받은 자리에서, 자신이 알지 못하는 것을 아는 척한 적이 없다는 사실의 우월성 말고는 그 어떤 우월성도 인정하지 않았다. 수 세기에 걸쳐 가장 본보기가 되는 그 삶과 사상은 무지의 당당한 고백으로 마무리됐다. 그 사실을 망각하면서 우리는 사내다운 당당함도 망각했다. 고작해야 위대함을 원숭이처럼 흉내 낸 권력을 더 좋아했다. 우선 알렉산더 대왕, 이어서 더할 나위 없이 저속한 영혼으로 쓴 교과서

저자들이 존경하라고 가르친 로마 정복자들을 선호했다. 우리 차례에 와서는 정복하고, 테두리를 치워버리고, 하늘과 땅을 멋대로 지배했다. 우리 이성은 뭐든지 쓸어버리면서 세계를 비워버렸다. 결국 홀로 된 우리는 사막 위에 제국을 세우고 만다. 그러니 우리는 자연이 역사, 아름다움, 선함과 조화를 이루던 저 우월한 균형을 찾기 위해서, 유혈 비극에도 숫자의 음악을 불어넣은 그 균형을 찾기 위해서 앞으로 어떤 상상력을 발휘할 수 있을 것인가. 우리는 자연을 등진 채 아름다움을 수치스러워한다. 우리의 한심한 비극은 사무실의 악취를 풍기고, 그 비극을 적시는 피는 걸쭉한 잉크색이다.

그러니까 우리가 그리스의 자식들이라고 천명하는 것은 무례한 짓이다. 기껏해야 우리는 배교자의 자식인 셈이다. 우리는 역사를 신의 옥좌 위에 앉혀놓고, 역사의 신정(神政)정치를 향해 행진하고 있다. 그리스인들이 살라미스 해전에서 죽도록 싸워 물리친 이른바 야만인들 같다. 우리와 그리스인들의 차이를 제대로 알고자 한다면, 우리 철학자들 가운데 플라톤의 진짜 맞수인 그 사람에게 물어봐야 한다. "오직 현대 도시만이 인간 정신이 스스로 의식할 수 있는 터전을 제공한다"라고 헤겔은 감히 썼다. 이렇

듯 우리는 대도시의 시대에 살고 있다. 인간이 의도한 대로, 이 세계는 자신의 영속성을 보장하는 자연, 바다, 언덕, 저녁의 명상으로부터 잘려나갔다. 오직 거리에만 역사가 있을 뿐이니, 거리에만 의식이 있다는 식의 포고문이 군림한다. 그러니 거기에 따라서 우리 시대의 가장 의미 있는 작품들도 똑같은 편견을 증언한다. 도스토옙스키 이후 유럽의 위대한 문학에서 자연 풍경을 찾아봤자 헛일이다. 역사는 제 앞에 놓인 자연 세계도, 제 위에 놓인 아름다움도 설명하지 않는다. 다 무시하기로 작정한 것이다. 플라톤이 무의미, 이성, 신화를 모두 아우른 데 반해 우리의 철학자들은 무의미 혹은 이성 어느 한쪽만 다룬다. 그 나머지에는 눈을 감아버렸기 때문이다. 두더지가 사색하는 꼴이다.

세계 성찰을 영혼의 비극으로 대체하기 시작한 것은 기독교다. 하지만 적어도 기독교는 영혼의 본성에 대해 언급했고, 그로 인해 어떤 불변성을 유지했다. 신이 죽자 역사와 권력만 남았다. 오래전부터 우리 철학자들은 온 힘을 기울여 인간 본성의 개념을 상황의 개념으로, 고대의 조화를 우연의 무질서한 충동 또는 이성의 거침없는 운동으로 갈아치우는 일에만 몰두했다. 그리스인들이 의지에 이성의 테두리를 그은 반면에 우리는 이성 한복판에 의지의 충동을 못 박고 말았다. 그리스인들은 가치를 모든 행위 앞에 내세워 행위의 한계를 정확하게 표시했다. 현대 철학은 가치들을 행위의 끝에 놓는다. 그 가치들은 존재하지 않지만, 생성하고 있고, 우리는 역사의 마무리 단계에 이르러서야 그 전모를 파악할 것이다. 가치들과 함께 한계는 사라진다. 가치란 무엇인가에 대한 개념들이 서로 다른 탓에, 정작 그 가치들의 규제조차 없으면 투쟁이 무한대로 확장되기 때문에, 오늘날 저마다 다른 메시아사상•들이 대립하면서 제국들이 충돌하는 가운데 아우성을 친다. 헤라클레이토스에 따르면, 정도를 지나침은 일종의 화재다. 불길이 번지면서 (망치를 든 철학자로 불린) 니체도 삼켜버렸다. 유럽 철학은 망치질이 아니라 포격전을 벌이고 있다.

자연은 그래도 늘 여기에 있다. 고요한 하늘과 이치를 인간의 광기에 맞세운다. 원자탄이 불타오르고, 역사가 인간 이성의 승리 속에 종언을 고하고, 인류가 단말마의 비명을 지를 때까지. 그러나 그리스인들은 한계 위반

• 새로운 질서를 가져올 구세주가 나타날 것으로 믿는 신앙.

이 불가능하다고 말한 적이 없다. 어길 수도 있지만, 그랬다가는 무자비하게 두들겨 맞는다고 말한 것이다. 오늘의 역사를 보면, 그 말을 반박할 수 없다.

역사의 정신과 예술가는 둘 다 세계를 새로이 만들고자 한다. 하지만 예술가는 제 본성의 절제에 따라 분수를 알지만, 역사는 알지 못한다. 그렇기 때문에 예술가의 열정이 자유인 반면 역사의 목적은 폭정이 된다. 오늘날 자유를 위해 싸우는 사람들은 궁극적으로 아름다움을 위해 싸운다. 물론 아름다움을 위한 아름다움을 수호하는 게 아니다. 아름다움은 인간 없이는 존재하지 못하고, 우리는 우리 시대의 불행과 더불어 나가야만 비로소 우리 시대에 위대함과 의연함을 안겨줄 것이다. 우리는 더는 외톨이들이 되지 않을 것이다. 하지만 인간이 아름다움 없이 지낼 수 없다는 사실에도 불구하고, 우리 시대는 그 사실을 잊고 싶은 기색을 보인다. 우리 시대는 절대성과 제국에 도달하려고 안달을 부리고, 세계를 만끽하기도 전에 변형하고자 하고, 미처 다 이해하기도 전에 명령하려고 한다. 우리 시대는, 뭐라고 떠들든 간에 이 세계를 황폐화한다. 오디세우스는 칼립소의 섬에서 불멸의 삶과 고향 땅 중 하나를 선택할 수 있었다. 그는 땅을 선택하고, 거기서 죽기로 했다. 그토록 단순한 위대함은 오늘의 우리에게 영 와닿지 않는다. 다른 사람들은 우리에게 겸손함이 부족하다고 하리라. 하지만 이 말은 아무래도 애매하다. 도스토옙스키의 어릿광대들은 뭐든지 할 수 있다고 허풍을 떨고 별까지 올라갔다가 결국은 사람들 앞에서 망신을 당한다. 그 어릿광대들처럼 우리 또한 인간적 자긍심이 부족하다. 그 자긍심은 각자 한계에 충실하면서 각자의 조건을 명철하게 사랑하는 것이다.

"나는 우리 시대를 혐오한다"라고 생텍쥐페리는 죽기 전에 썼다. 그 까닭은 내가 말한 바와 크게 다르지 않다. 하지만 인간을 향한 경탄 때문에 인간을 사랑한 그가 내지른 비명이 아무리 큰 충격을 던지더라도, 우리는 온몸으로 받아들이지 못하리라. 하지만 어느 때는 이 적막하고 삭막한 세상에 등을 돌리고 싶은 유혹을 얼마나 크게 느끼는가! 그러나 이 시대는 우리 것이니, 우리는 자신을 증오하면서 살 수는 없다. 이 시대는 그 결점들의 거대함 때문만이 아니라 그에 못지않게 미덕들의 과잉 때문에 바닥으로 추락했을 뿐이다. 우리는 먼 옛적부터 내려온 미덕들 가운데 하나를 위해 싸울 것이다. 어떤 미덕? 트로이 전쟁에서 아킬레우스가 가장 사랑한 친구 파트로클로스가 전사하자 그의 말들이 구슬피 운다. 모두 잃었다. 우정이 방금 유린당했기 때문에 아킬레우스가 복수를 다짐하면서 전투를 다시 이끌어 끝내 승리한다. 우정은 싸워서 지킬 미덕이다.

무지의 인정, 광신의 거부, 세계와 인간의 한계, 사랑받는 얼굴, 그리고 아름다움으로 구성된 진영이 우리와 고대 그리스인들의 합류 지점이다. 어찌 보면 미래 역사의 의미는 사람들이 믿고 있는 바와는 다르다. 그 의미는 창조와 종교재판 사이에서 벌어지는 투쟁 속에 있다. 예술가들이 맨주먹으로 시작해서 치를 대가가 아무리 크다 할지라도, 우리는 그들의 승리를 기대할 수 있다. 다시 한번 어둠의 철학은 저 찬란한 바다 위로 산산이 흩어질 것이다. 오, 정오의 사상이여, 오늘의 트로이 전쟁은 싸움터에서 멀리 떨어져 벌어진다! 이번에도 또 현대 도시의 끔찍한 성벽들이 무너져 '고요한 바다처럼 잔잔한 영혼', 헬레네의 그 아름다움을 우리에게 배송할 것이다.

(1948)

수수께끼

하늘 꼭대기에서 쏟아진 햇살의 물결이 우리 주변의 들판에서 격렬하게 튀어 오른다. 이런 소동에도 모두 입을 다물고, 저 아래 뤼베롱 산맥은 내가 쉼 없이 귀를 기울여도 침묵의 덩어리일 뿐이다. 귀를 쫑긋거려보면 멀리서 사람들이 달려오고 눈에 보이지 않는 친구들이 나를 불러주기에 수년 전과 다름없이 기쁨은 부풀어 오른다. 새로이, 어떤 행복한 수수께끼 덕분에 나는 모조리 이해할 수 있게 된다.

이 세계의 부조리는 어디에 있는가? 이 찬란한 햇빛인가 아니면 햇빛이 없던 날의 추억인가? 이토록 풍성한 햇빛의 기억을 지닌 채 내가 어떻게 무의미에 희망을 둘 수 있었던가. 주위 사람들이 그래서 놀라고, 나 또한 때때로 놀란다. 나는 남들에게, 그리고 나 자신에게 답할 수 있을 것이다. 태양이 단지 그렇게 하도록 도왔고, 햇빛이 너무 강렬한 나머지 우주와 형상들을 캄캄한 눈부심 속에 응고시키고 만다고 답할 수 있으리라. 하지만 그건 달리 말할 수도 있겠는데, 무엇보다도 내게는 언제나 진리의 빛이었던 이 흑백의 빛 앞에서 나는 부조리에 대해 소박하게 해명하고 싶다. 내가 잘 아는 부조리를 사람들이 막무가내로 논하는 것은 참을 수 없으니까. 요컨대 부조리에 대해 말하다보면 우리는 다시 태양으로 이끌리게 될 것이다.

아무도 자신이 어떤 사람인지 말할 수 없다. 하지만 더러 나는 어떤 사람은 아니라고 말할 수 있다. 아직도 자신이 누구인지 찾는 사람을 향해 남들은 그가 이미 결론에 이르렀기를 바란다. 주변의 숱한 목소리들이 그가 찾아낸 걸 벌써 일러주지만, 그는 그게 아님을 알고 있다. 계속 찾아다니면서 남들이 뭐라 뭐라 떠들게 내버려두라고? 당연하다. 하지만 때때로 자신을 방어해야 한다. 나는 내가 무엇을 찾고 있는지 모른다. 조심스레 그것에 이름을 붙여보고, 무르다가 혼잣말로 되풀이하고, 전진하다가 후퇴하기도 한다. 하지만 사람들은 나더러 그 이름들을 혹은 바로 그 이름을 단호하게 밝히라고 윽박지른다. 그러면 나는 열을 받아서 대든다. 이름 붙은 것은 벌써 잃어버리지 않았는가? 최소한 이렇게 말해볼 수 있을 뿐이다.

내가 신뢰하는 한 친구의 말에 따르면, 한 남자는 늘 두 가지 성격을 지니고 있다. 자신의 성격과 아내가 그에게 갖다 붙이는 성격. 아내를 사회로 바꾸어보라. 그러면 한 작가가 어떤 감성의 모든 맥락을 묘사하기 위해 사용한 간결한 특정 표현이 대중의 해석에 따라 오롯이 동떨어져 있다가도 작가가 다른 일에 대해 말하려고 할 때마다 작가의 발목을 잡는 일을 이해할 수 있다. 말은 행동과 같다. "당신이 이 아이의 아버지요? 그래요. 그러면 당신 아들이군요. 그렇게 간단치 않아요. 그리 간단하지 않거든요!" 그래서 네르발•은 어느 고약한 밤에 두 번 목을 매었다. 한 번은 불행한 자신을 위하여, 또 한 번은 어떤 사람들이 살도록 돕는 그의 전설을 만들기 위하여. 아무도 진정한 불행을 논할 수도 없고, 어떤 종류의 행복을 논할 수도 없으니, 지금 내가 시도할 일은 아니다. 하지만 전설에 관해서라면, 누구나 묘사할 수 있고, 적어도 잠시나마 그

• 정신착란으로 스스로 목을 매 목숨을 끊은 프랑스의 작가 제라르 드 네르발(1808~1855).

전설을 다 떨쳐냈다고 상상할 수는 있다.

무릇 작가는 남에게 읽히기 위해 글을 쓴다(그렇지 않다는 작가들은 존중하되 믿지는 말자). 그러나 점점 더 우리나라에서는 작가가 읽히지 않기를 고집한다는 최종 판정을 얻으려고 글을 쓴다. 그런 판정이 내려진 순간부터 사실 그는 발행 부수가 많은 신문에 흥미진진한 기삿거리를 제공할 수 있고, 숱한 사람들에게 알려질 가능성이 크지만, 대중은 그의 이름이나 알고, 그에 대해 쓴 다른 사람의 글을 읽기만 해도 충분하므로 결코 작품을 읽으려고 하지 않을 것이다. 그는 실제의 그가 아니라, 바쁜 신문기자가 부여한 이미지에 의해 알려지고(잊히고) 말 것이다. 그러므로 작가로서 명성을 떨치기 위해서 반드시 여러 권의 책을 쓸 필요는 없다. 그저 석간신문이 기사로 다뤘고, 사람들이 깔고 잘 어떤 작품 하나를 쓰기만 해도 충분하다.

아마도 이런 명성은 크든 작든 간에 부당하게 얻은 것이리라. 하지만 어쩌겠는가? 차라리 그런 불편도 유익할 수 있음을 인정하자. 어떤 질병들은 오히려 바람직하다는 사실을 의사들은 알고 있다. 그 질병들은 없었더라면 더 심각한 불균형 상태로 나타났을 기능장애를 나름대로 상쇄한다는 것이다. 그러니 좋은 변비와 천혜의 관절염도 있는 셈이다. 오늘날 조급한 말과 판정의 홍수가 모든 공공 활동을 경박함의 대양 속에 빠뜨리고 있다. 그 현상은 달리 보면 작가라는 직업을 지나치게 중시하는 우리나라에서 적어도 작가가 끊임없이 갖춰야 할 겸손의 필요성을 깨우쳐준다. 우리가 아는 두서너 가지 신문에 실린 제 이름을 보는 일은 매우 혹독한 시련이라서 마땅히 영혼에 이로운 효과를 내포하기 마련이다. 그러므로 한 사회가 찬양하는 위대함이란 보잘것없다. 더구나 그 사회가 몸소 그 보잘것없음을 똑같은 찬양의 방식으로 큰돈 들이지 않고 일깨워주시니 복이 있을진저. 그런 사회가 내는 평판의 소음은 더 시끄러울수록 더 빨리 소멸한다. 알렉산더 4세가 세속의 모든 영광은 연기처럼 사라진다는 교훈을 잊지 않으려고 종종 자기 앞에 피운 삼 부스러기 모닥불을 떠올리게 한다.

그러나 이제 빈정거림일랑 접어두자. 요컨대 예술가는 제 깜냥이 어느 정도인지 기꺼이 인정하고 본인에게 합당하지 않은 어떤 이미지가 치과와 이발소 대기실에서 이리저리 발에 차여도 언짢아하지 말고 감내해야 한다고 말하면 충분하다. 아무튼 나는 인기 절정의 한 작가를 알게 되었는데, 그는 밤마다 머리카락만 몸에 걸친 요정들과 손

톱이 새카만 반인반수들이 야단법석을 떠는 바쿠스 축제를 주관한다는 소문이 자자했다. 그러니 그가 서재의 여러 칸을 채울 작품을 쓰기 위한 시간은 어떻게 내는지 사람들이 궁금해할 수밖에 없었을 것이다. 사실 그 작가는 동료 작가들과 마찬가지로 날마다 책상에 앉아 오랫동안 작업하기 위해 밤에 자고, 간을 보호하려고 광천수를 마시며 지낸다. 그런데도 사하라 사막 같은 절제와 성마른 결벽증으로 이름이 높은 프랑스의 보통 사람들은 우리 작가들 가운데 누군가가 고주망태로 살며 세수도 하지 말라고 설파한다는 생각에 사로잡혀 격분한다. 그런 사례는 적지 않다. 나는 힘들이지 않고 엄격하다는 평판을 얻는 요령을 귀띔할 수 있다. 실제로 나는 그런 평판의 짐을 짊어지고 있어서, 친구들의 조롱을 적잖이 사고 있다(나로서는 오히려 얼굴이 붉어진다. 그만큼 분수에 맞지 않는 평판임을 나도 잘 안다). 예를 들어 사람들이 별로 평가하지 않는 신문의 주필과 저녁 식사를 함께하는 영광을 사양하기만 하면 된다. 단순히 단정하게 굴어도 사람들은 뒤틀린 영혼의 질병을 상상하지 않고는 못 배긴다. 사실 그 주필을 존중하지 않기 때문에 만찬을 거절하지만, 또한 아무래도 따분해지는 게 더 두렵기 때문이라고 생각해주는 사람은 아무도 없을 것이다. 하긴 파리 스타일의 만찬보다 더 지겨운 게 또 있겠는가?

그러니 체념하고 받아들여야 한다. 하지만 때때로 과녁을 바꿔서 원칙을 변경할 수도 있다. 그래서 당신은 언제까지나 부조리를 그리는 화가일 수는 없고, 아무도 절망의 문학을 신봉할 수 없다고 되뇔 수 있다. 당연히 부조리의 개념을 다룬 산문을 한 편쯤 쓰거나 이미 써봤을 수는 있다. 아닌 게 아니라 불쌍한 자기 누이를 덮치지 않아도 근친상간에 관한 글을 쓸 수 있다. 소포클레스가 아버지를 해치우고 어머니를 욕보였다는 기록을 나는 어디에서도 본 적이 없다. 작가라면 모름지기 자신의 책 속에 자신에 대해 끼적이고, 자화상을 그린다는 생각은 낭만주의가 우리에게 남긴 유치한 유산 가운데 하나다. 그와는 반대로, 작가는 무엇보다도 타인들 혹은 자기 시대 혹은 친숙한 신화들에 관심을 가져야 한다. 만약 작가가 무대에 직접 등장해야 하더라도, 자기가 실제로 어떤 사람인지 말하는 경우는 예외로 칠 수 있다. 한 인간의 작품들은 자신의 머나먼 그리움의 이야기 또는 유혹의 이야기를 되짚어보기 일쑤지만 자신의 실화를 쓰는 경우는 거의 없다. 더구나 작품이 자전적인 척할 때도 그러지 않는다.

어떤 작가도 감히 있는 그대로 자신을 그리겠다고 나선 적은 없다.

오히려 나는 될 수 있는 한 객관적 작가가 되고 싶었다. 내가 말하는 객관적 작가란 절대로 자기 자신을 글쓰기의 대상으로 여기지 않은 채 여러 주제를 선정하는 작가다. 그러나 작가 자신과 그의 주제를 혼동하는 동시대의 열병은 저자의 상대적 자유를 결코 인정할 줄 모른다. 그래서 우리는 부조리의 예언자가 된다. 내가 우리 시대의 거리에서 발견한 생각을 놓고 궁리하는 일 말고 무엇을 했겠는가? 내가 전적으로 우리 세대와 더불어 그 생각을 키워왔다는 것은(물론 나의 일부가 여전히 그 생각을 기르고 있는 것은) 말할 필요조차 없다. 다만 나는 그 생각을 다루고 그 논리를 규정하려고 필요한 거리를 두었을 따름이다. 그 이후 내가 쓸 수 있었던 모든 글이 여실히 그러하다. 그러나 미묘한 어감보다는 차라리 진부한 공식을 활용하는 게 더 편하다. 사람들은 공식을 선호했다. 그리하여 나는 예나 마찬가지로 부조리하다.

그러할진대 내 관심을 끌어서 글을 쓰게 한 경험 속에서 부조리는, 설령 그 기억과 감응이 그 이후 내 생각의 행보를 따라다녔다고 할지라도, 하나의 출발점에 지나지 않았다는 사실을 또다시 말해봤자 무슨 소용이 있겠는가. 그와 마찬가지로 데카르트의 방법론적 회의는, 모든 명제를 신중히 고려하더라도, 결코 데카르트를 회의론자로 만들지 못했다. 아무튼 아무것도 의미가 없고, 모든 것에 절망해야 한다는 생각에만 어찌 갇힐 수 있겠는가. 이 세상에는 물질 이상의 무엇인가가 이미 존재하고 있으므로 절대적 유물론이란 존재할 수 없다. 유물론이란 말은 성립하겠지만 말이다. 그와 마찬가지로 절대적 허무주의 역시 존재하지 않는다는 것은 사물의 심층까지 들어가보지 않고서도 알 수 있다. 모든 것이 무의미하다고 말하는 순간, 의미 있는 무엇인가를 표현하게 된다. 이 세계에 아무런 의미도 주지 않으려고 하면, 결국 모든 가치판단의 삭제로 다시 돌아가게 된다. 그러나 산다는 것과, 예를 들어 밥을 먹는 것 자체가 가치판단이다. 죽기로 작정하지 않는 순간, 생존을 선택함으로써 삶에 대해 적어도 상대적 가치를 인정한다. 궁극적으로 절망의 문학이란 무엇을 의미하는가? 절망은 말하지 않는다. 그렇건만 만약 우리의 두 눈이 말한다고 하면, 침묵조차도 어떤 의미를 지니게 된다. 진정한 절망은 죽는 순간의 고통, 무덤 또는 심연이다. 절망이 말하고, 궁리하고, 무엇보다도 글을 쓰면, 이내 형제가 손을 내밀고, 나무가 정당하게 서 있고, 사랑이 탄생한다. 절망의 문학이란 용어 자체가 형용모순이다.

물론 어떤 낙관주의는 내 소관이 아니다. 나는 동시대 사람들과 더불어 제1차 세계대전의 북소리를 들으며 자랐고, 그 이후 우리 역사는 살인, 불의와 폭력이기를 멈추지 않았다. 하지만 흔히 마주치게 되는 진짜 비관주의는 그 숱한 잔혹과 치욕보다 더 끔찍하다. 개인적으로 나는 그 모욕에 맞서 싸우기를 멈추지 않았고, 잔혹한 사람들을 증오한다. 가장 어두운 허무주의에 맞닥뜨렸더라도 나는 허무주의를 극복할 논리적 근거만 찾았다. 그렇다고 내가 무슨 도덕군자라거나 보기 드물게 고결한 영혼의 소유자라서 그런 게 아니다. 내가 태어난 순간의 빛, 인류에게 수천 년 동안 고통 속에서도 삶을 예찬하도록 가르친 그 빛에 본능적으로 충실했기 때문이다. 아이스킬로스는 자주 절망감을 안겨주지만, 빛을 발하고, 우리를 다시 따뜻하게 한다. 그의 작품 세계에서 우리는 앙상한 무의미가 아니라 하나의 수수께끼를 발견한다. 요컨대 너무 눈부셔서 우리가 제대로 해독하지 못하는 어떤 의미다. 마찬가지로 이 황량한 세기에 아직도 생존해 있는, 못났지만 악착같이 그리스에 충실한 후손들에게, 우리 역사의 화상(火傷)은 견딜 수 없어 보일 테지만, 궁극적으로 그들은 그것을 이해하고 싶으므로 결국 견뎌내고 있다. 우리가 일군 작업이 비록 어둡더라도 그 중심에서, 영원히 꺼지지 않는 태양이 빛을 뿜고, 예나 지금이나 마찬가지로 벌판과 구릉에 걸쳐서 소리친다.

그리하여 삼 부스러기 불은 다 타도 좋다. 우리의 평판이 어떠할 수 있고, 우리가 분수에 맞지 않는 무엇을 누린다고 한들 뭐가 그리 중요한가? 우리가 무엇이고, 우리가 마땅히 무엇이 되어야 한다는 생각만으로도 우리 삶을 채우고, 우리 노력을 다 바치기에 충분하다. 프랑스의 파리는 경이로운 동굴이고, 사람들은 안쪽 벽면에 너울거리는 제 그림자를 보면서 유일한 현실로 여긴다. 파리가 소비하는 괴상하고 덧없는 명성도 마찬가지다. 하지만 파리에서 멀리 떨어진 고대 그리스 철학을 통해서 배운 바와 같이, 우리는 등 뒤에 들어선 빛을 정면으로 바라보기 위해서는 주변의 관계를 모두 끊고 몸을 돌려야 하고, 죽기 전에 우리가 해야 할 일은 온갖 말을 동원해 그 빛에 이름을 붙이는 것이다. 모든 예술가는 어김없이 자신의 진실을 찾으려고 한다. 위대한 예술가라면, 자신의 작품마다 자신을 진실에 가까이 가게 한다. 혹은 적어도 어느 날 만물을 불러들여 모조리 태워버릴, 저 깊숙이 붙박인 태양의 중심 둘레를 적어도 더 가까이 맴돌게 한다. 범속한 예술가라면, 자신의 작품마다 자신을 진실에서 멀리 떼어놓고, 그 중심은 그래서 곳곳에 있으며 빛은 사그라진다. 그러나 예술가의 끈질긴 탐구를 도울 수 있는 유일한 사람들은 예술가를 사랑하는 사람들이다. 자기 스스로 사랑하고 창조하는 그 사람들은 또한 자신들의 열정 속에서 모든 열정의 척도를 발견하고, 그리하여 판단할 줄 안다.

그렇다. 이토록 소란을 떨다니…… 평화는 침묵 속에 사랑하고 창조하는 일인데! 참으로 참을 줄 알아야 한다. 한 번 더 태양은 우리의 입을 봉한다.

(1950)

티파사에 돌아오다

너는 아비의 집을 떠나 영혼이 격앙된 채 바다의 겹겹 암초를 넘어서 항해하더니, 이제 낯선 땅에 살고 있구나.

—〈메데이아〉

닷새째 사정없이 알제에 쏟아진 비가 마침내 바다조차 젖게 하고 말았다. 너무 자욱한 나머지 눅진하기까지 한 빗줄기가 마르지 않을 듯한 하늘 꼭대기에서부터 그칠 줄 모르고 내포까지 덮치고 있었다. 거대한 스펀지처럼 물렁물렁한 회색 바다는 윤곽선을 상실한 만(灣)에서 부풀어 오르고 있었다. 하지만 해수면은 완고한 빗발 아래 거의 꼼짝하지 않는 듯했다. 오로지 이따금 미세하고 거대한 움직임이 뿌연 수증기를 바다에서 일으켰다. 수증기는 푹 젖은 큰길 지대 밑의 항구에 들이닥쳤다. 도시 전체, 물기가 흘러넘치는 하얀 벽들이 또 다른 김을 내뿜어서 바다로부터 오는 수증기를 맞게 했다. 어느 쪽으로 몸을 돌리든 간에 우리는 물을 숨처럼 들이마시는 듯해서 마침내 공기를 벌컥 들이켰다.

흠뻑 젖은 바다를 바라보면서, 여전히 내게는 여름 도시로 간직된 12월의 알제에서 나는 거닐었고, 기다렸다. 유럽의 밤과 사람들의 겨울에서 막 탈출한 참이었다. 하지만 이 여름 도시에서조차 웃음이 사라졌고, 비에 젖어 번들거리는 굽은 등만 보였다. 저녁에 요란하게 불 밝힌 카페에서 안식처를 찾으려고 한 나는 이름은 모른 채 알아보기만 하는 얼굴들에서 내 나이를 읽어냈다. 내가 아는 거라곤 그 사람들이 내가 젊었을 때 젊었고, 이제 더는 젊지 않다는 사실뿐이다.

그렇지만 나는 내 기다림의 정체도 모른 채 오로지 티파사•에 다시 들르는 날만 손꼽아 기다려왔다. 한때 사랑했거나 스무 살에 무척 즐긴 삶을 다시 살아보겠다고 나이 마흔에 청춘 시절의 장소로 되돌아오다니, 십중팔구 혼쭐이 날 만한, 완전히 정신 나간 짓이다. 하지만 전에 그런 광기를 또렷이 겪은 적이 있었다. 내 청춘의 마감

• 알제리 북부의 해안 도시. 고대 로마 제국의 식민지 유적지로 유명하다. 생후 8개월부터 알제에서 살았던 카뮈는 청년 시절에 알제에서 서쪽으로 100킬로미터 떨어진 티파사를 자주 찾아가서 문학적 상상력의 원천으로 삼았다고 한다. 웅장한 슈누아 산맥을 배경으로 삼은 티파사 유적지는 짙푸른 지중해를 내려다보고 있어서 카뮈의 영혼에 왕성한 시심(詩心)을 불러일으켰다.

을 알린 전쟁의 세월이 끝나자마자 이미 한 차례 티파사에 돌아간 적이 있었다. 잊을 수 없는 자유를 거기서 되찾으리라고 내 딴에는 기대했었다. 돌이켜보면 20년도 넘게 지난 그 옛날 나는 거기서 아침나절을 온전히 보냈었다. 폐허 사이에서 떠돌아다녔고, 향쑥 내음을 맡았고, 돌 더미에 기대 몸을 데웠고, 봄날이 가도 살아남았다가 이내 지는 작은 장미를 찾아냈다. 매미조차 더위에 녹초가 돼 입을 다무는 때인 정오가 되어서야 비로소 나는 모두 태워버리려는 빛의 탐욕스러운 불길을 피해서 도망쳤다. 때때로 저녁에 나는 별들이 흘러넘치는 하늘 아래 뜬눈으로 잠자곤 했다. 그때야말로 나는 살아 있었다. 그로부터 15년 후 밀려드는 파도에서 얼마 떨어지지 않은 나의 폐허를 다시 찾았고, 씁쓸한 나무들이 가득한 들판을 지나 잊힌 도시의 길을 따라 걸었고, 해안을 굽어보는 작은 언덕들 위에서 빵 색깔의 돌기둥들을 다시 어루만졌다. 그러나 과거와는 달리 폐허에 철조망이 둘러쳐졌으므로 허용된 입구를 통해야만 안으로 지나갈 수 있었다. 풍기문란 단속 때문인 듯, 밤에는 산책이 허용되지 않았다. 낮에는 엄격한 경비원들이 지키고 있었다. 아마도 우연이겠지만 그날 아침 폐허 전역에 비가 내리고 있었다.

방향을 잃은 채, 호젓하고 흠뻑 젖은 들판을 거닐면서 나는 지금까지도 한결같은 어떤 힘을 조금이나마 되찾으려고 애썼다. 내가 도저히 사태를 변화시킬 수 없다고 인정한 순간에, 있는 그대로를 받아들이게끔 도와주는 그 힘을 찾아다녔다. 물론 나는 시간을 거슬러 올라갈 수 없었고, 한때 사랑했었지만 단 하루 만에 진즉에 사라져버린 얼굴들을 이 세상에 되돌려줄 수 없었다. 1939년 9월 2일, 나는 예정했던 그리스 여행을 떠나지 못했다. 그 대신 전쟁은 우리에게까지 닥쳐왔고, 그리스조차 덮쳐버렸다. 그날 나는 시커먼 물이 고인 석관 앞에서, 혹은 비에 흠뻑 젖은 능수버들 아래서 햇빛에 달궈진 폐허와 철조망을 분리하는 그 간격, 그 세월을 똑같이 나 자신 속에서 되찾고 있었다. 한때 유일한 재산이었던 아름다움의 장관 속에서 자란 나의 출발점은 세계의 충만함이었다. 그런데 뒤이어 철조망이 왔고, 요컨대 폭정, 전쟁, 경찰, 반항의 시대가 왔다. 밤에 맞서 결판을 내야 했다. 한낮의 아름다움은 한낱 추억이 됐다. 그래서 진창투성이 티파사에서는 추억 자체도 희미해졌다. 당연히 아름다움, 충만함 혹은 추억을 찾는 여행이었는데도! 화마의 불빛 아래 세계는 갑자기 해묵은 주름살과 상처와 동시에 새로운 주름살과 상처를 내보였다. 세계는 한 방에 늙어버렸고, 우리 또한 늙어버렸다. 그렇다. 내가 여기서 찾으려고 한 충동은 스스로 비약을 의식하지 못하는 사람들만 들어 올려준다는 사실을 나는 잘 알고 있었다. 약간의 순수가 없다면 사랑도 없다. 순수는 어디에 있었는가? 제국들은 몰락했고, 민족들과 인간들이 서로 목을 물어뜯었고 우리의 입은 더럽혀졌다. 처음엔 그런 줄도 모르고 순수했던 우리는 결국 원치도 않으면서 죄인이 됐다. 우리의 과학이 발전함에 따라 신비도 더 커졌다. 그런 까닭에 우리는, 오, 이 얼마나 얄궂은 일인가, 도덕에 집요하게 매달렸다. 정신의 불구에도 내가 미덕을 꿈꾸었다니! 순수의 시대에 나는 도덕의 존재를 무시했었다. 마침내 잘못을 알게 됐지만, 높은 도덕 수준에서 살아갈 능력이 없었다. 내가 예전에 사랑했던 곳 위에서, 허물어진 사원의 젖은 기둥들 사이에서, 나는 포석과 모자이크 위로 발걸음 소리의 울림을 남기는, 내가 결코 닿을 수 없는 누군가를 뒤쫓아 거니는 듯했다. 나는 파리로 돌아갔고, 몇 해 머문 뒤에 다시 귀향했다.

그렇지만 그 모든 세월 동안 늘 뭔가 어렴풋하게 아쉬웠다. 일단 열렬하게 사랑할 기회를 포착하게 된다면, 인생은 새로이 그 열정과 그 빛을 찾으려다가 다 지나가고 만다. 아름다움과 거기에 첨부된 관능적 행복을 포기하라거나 불행을 전적으로 섬기라고 요구한다면 내 비천한 능력으로는 감당할 수 없다. 그러나 뭐라 해도 배제를 강요하는 주장치고 참된 것은 없다. 고립된 아름다움은 결국 인상을 찌푸리고, 외로운 정의는 억압하고야 만다. 둘 중 하나를 배제하고 오로지 한쪽만 섬기려는 사람은 아무도 섬기지 못하고, 자기 자신도 섬기지 못하고, 궁극적으로 불의를 곱절로 섬기게 된다. 지나치게 경색된 나머지, 아무것에도 감동하지 못한 채, 모든 것이 뻔해 보이는 날이 오면, 인생은 처음부터 되풀이하려다가 다 지나간다. 유배를 당하는 시간, 건조한 삶의 시간, 죽은 영혼의 시간이 온다. 다시 살아가려면, 은총이나 자기 망각 또는 고향이 필요하다. 어느 아침 무렵엔 길모퉁이에서 감미로운 이슬 한 방울이 마음에 떨어졌다가 증발한다. 하지만 그 신선한 느낌은 여전히 마음속에서 맴돌고, 언제나 마음이 그 신선함을 갈구한다. 나는 다시 떠나야 했다.

그리하여 두 번째로 알제에서 내가 결정적 출발이라고 여긴 때부터 멈춘 적이 없는 듯한 빗속을 거닐며, 비 냄새와 바다 냄새가 풍기는 그 한없는 멜랑콜리 속에서 나는 끝끝내 희망을 버리지 않았다. 그 안개 자욱한 하늘, 빗줄기를 피하는 사람들의 굽은 등짝들, 유황 불빛으로 손님들의 얼굴을 일그러뜨리는 카페들에도 아랑곳하지 않았다. 더욱이 나는 알제의 빗줄기가 그치지 않을 듯하다가도 어느 한순간에, 마치 두 시간 만에 범람해서 여러 헥타르의 땅을 휩쓸다가 단번에 바싹 마르고 마는 내 고향의 강물처럼 뚝 멈추고 만다는 사실에 훤하지 않았던가? 정말로 어느 날 저녁 비가 그쳤다. 나는 하룻밤을 더 보내며 기다렸다. 투명하고 눈부신 아침이 순결한 바다 위로 솟아올랐다. 물에 씻기고 또 씻기고, 거듭된 세탁으로 가장 미세하고 선명한 결까지 드러낸 꽃눈처럼 싱그러운 하늘에서 진동하는 빛이 내려와 집마다 나무마다 뚜렷한 윤곽과 경이로운 신선미를 부여했다. 천지창조의 아침에 대지는 그와 비슷한 빛 세례 속에서 솟아올랐으리라. 나는 다시 티파사로 가는 길에 올랐다.

69킬로미터 거리의 고속도로에서 어느 한 곳도 내 눈에 추억과 감흥으로 가득 차지 않은 데가 없다. 거칠었던 유년기, 버스 엔진 소리에 맞춰 떠올린 사춘기의 몽상들, 아침들, 생기발랄한 소녀들, 해변들, 언제나 애써 탱탱한 젊은 근육들, 저녁이면 열여섯 살 가슴에 돋는 가벼운 불안,

살고픈 욕망, 영광, 그리고 오랜 세월 동안 늘 한결같은 하늘. 무궁무진한 힘과 빛을 휘두른 그 하늘은 원래 배부른 줄 몰라서 정오의 장례 시간에 십자가 형상으로 해변에 바쳐진 제물들을 여러 달에 걸쳐 하나씩 삼켜버렸다. 역시 늘 한결같고, 아침 녘에는 거의 손에 잡히지 않는 바다. 도로가 사헬 지역과 청동빛 포도밭 언덕을 벗어나 해안 쪽으로 낮아지자마자 내가 지평선 끝에서 되찾은 바다. 하지만 나는 바다를 바라보려고 멈추지 않았다. 육중하고 단단한 슈누아산을 다시 보고 싶었다. 한 덩어리로 솟아나 서쪽으로는 티파사 물굽이를 끼고 있다가 바다로 내려가 잠기는 산. 거기에 닿기 훨씬 전에 우리는 멀리서 하늘과 혼동될 만큼 푸르고 가벼운 수증기를 통해 그 산을 알아본다. 하지만 우리가 가까이 다가갈수록 그 산은 점점 짙어지면서, 주변의 바닷물 색깔을 띠기까지 한다. 엄청난 높이로 뛰어오른 파도가 느닷없이 잔잔해진 바다 위에서 갑작스레 굳어져 거대한 부동(不動)의 파도가 된 듯하다. 더 가까이 가서 거의 티파사 성문에 이르면, 갈색과 녹색의 거만한 산더미가 결코 그 무엇에도 동요되지 않을 이끼 낀 늙은 신처럼 나타난다. 나를 포함한 그의 아들들에게 피난처와 항구를 제공하는 신령님이다.

그 산을 바라보면서 나는 마침내 폐허 속으로 들어가려고 철조망을 넘어선다. 그러자 뭇사람에게 오로지 한두 번 찾아와서 그윽한 충족감을 안겨줄 듯한 12월의 영광스러운 빛 아래에서 나는 찾고자 하는 걸 어김없이 되찾는다. 시대나 세상에 아랑곳하지 않고 그 인적 끊긴 자연 속에서 내게, 오로지 정말 나 혼자에게만 주어진 것을 틀림없이 다시 찾는다. 올리브 열매가 흩뿌려진 고대의 공공 집회 광장에 올라서면 아래쪽으로 마을이 보인다. 아무 소리도 들리지 않았다. 옅은 연기만 투명한 공기 속으로 피어올랐다. 냉담하게 눈이 부신 햇빛이 쉼 없이 쏟아지니까 바다도 숨이 막힌 듯 잠잠했다. 슈누아산 쪽에서 들려오는 수탉의 아득한 울음소리가 홀로 대낮의 덧없는 영광을 예찬했다. 폐허 쪽으로는 수정같이 맑은 대기 속에서 얽은 돌멩이들과 향쑥 풀밭, 나무들과 온전한 돌기둥들만 시선에 들어올 따름이었다. 헤아릴 수도 없는 찰나에 아침이 고정되고, 태양이 멈춰버린 듯했다. 이 빛과 침묵 속에서 숱한 분노와 어둠의 세월이 서서히 녹고 있었다. 마치 진즉에 멈춘 내 심장이 슬금슬금 다시 뛰기 시작한 듯, 나는 거의 잊고 있던 내면의 소리에 귀를 기울이고 있었다. 마침내 깨어난 나는 침묵이나 다를 바 없이 잘 감지되지 않는 그 소리를 하나씩 가려냈다. 새들의 꾸준한 저음, 바위 아래 바다의 가볍고 짧은 한숨, 나무들의 두근거림, 돌기둥들의 눈먼 노래, 향쑥 풀잎끼리의 마찰음, 줄행랑치는 도마뱀들. 나는 그 소리를 듣고 있었고 또한 내 몸 안에서 솟아나는 행복의 물결에도 귀를 기울였다. 나는 마침내 비록 잠시라도 항구에 되돌아왔고, 그 순간은 앞으로 더는 끝나지 않을 듯했다. 하지만 이윽고 해가 뚜렷이 하늘에 성큼 떠올랐다. 티티새 한 마리가 짤막하게 전주곡을 연주하자, 이내 온 사방에서 새 떼의 노랫소리가 희열과 행복한 불협화음과 무한한 황홀을 힘차게 터뜨렸다. 한낮이 행진을 시작했다. 해 질 녘까지 나를 운반할 기세였다.

지난 며칠 동안 거센 물결이 물러나면서 남긴 거품 같은 향일성 식물로 뒤덮이고, 모래가 절반쯤 섞인 비탈길에서 나는 정오에 기진맥진한 채 겨우 넘실대는 바다를 바라봤고, 존재가 바싹 말라버리는 바람에 오랫동안 달랠 수밖에 없는 두 가지 갈증을, 요컨대 사랑과 예찬이라고 부르고 싶은 갈증을 실컷 해소하고 있었다. 왜냐하면 사랑받지 못함은 단지 불운에 그치지만, 결코 사랑하지 못함은 불행이니까. 우리 모두 오늘날 그 불행 때문에 죽어가고 있다. 피와 증오가 심장의 살점 자체를 떼어내기 때문이다. 너무 오랫동안 정의를 촉구하다보면 그것을 낳아준 사랑조차 고갈시킨다. 우리가 사는 시대의 아우성 속에서 사랑은 불가능하고, 정의는 미흡하다. 그런 까닭으로 유럽은 한낮을 증오하고, 불의와 불의를 대립시킬 줄만 안다. 정의가 말라비틀어져서, 겉만 아름답고 안으로는 씁쓸하고 메마른 과육만 남은 오렌지가 되지 않도록 하려면, 자기 내면에 신선함과 기쁨의 샘터를 고스란히 보존하고, 불의에서 벗어나는 한낮을 사랑하고, 그렇게 성취한 빛을 휘둘러 다시 투쟁해야 한다. 내가 티파사에서 다시 얻은 깨달음이다. 거기서 나는 해묵은 아름다움과 풋풋한 하늘을 되찾았고, 우리의 광기가 최악이었던 세월 속에서도 그 하늘의 기억이 내 곁을 떠난 적이 한 번도 없었다는 사실을 마침내 깨달으면서, 내 행운을 헤아릴 수 있었다. 그 기억 덕분에 나는 결국 절망하지 않았다. 나는 티파사의 옛터가 우리의 건설 현장이나 파괴된 잔해들보다 더 젊다는 사실을 항상 알고 있었다. 세계는 거기서 날마다 늘 새로운 빛 속에서 다시 시작하고 있었다. 오, 빛이여, 이 호소는 고대 비극 무대에서 운명에 맞선 모든 등장인물의 부르짖음이다. 이 마지막 호소는 또한 우리가 할 일이라고 나는 인정했다. 겨울의 한복판에서 나는 마침내 내 속에 깃든 불굴의 여름을 깨달았다.

나는 또다시 티파사를 떠나 유럽과 그곳에서 벌어지는 갈등 상황과 재회했다. 하지만 티파사에서 보낸 나날의 추억이 여전히 나를 받쳐주고, 기쁨과 슬픔을 모두 공평무사하게 맞이하도록 도와준다. 우리가 사는 이 험난한 시기에 아무것도 배제하지 않는 방법, 검은 실과 흰 실로 끊어질 듯이 팽팽한 로프를 짜는 방법의 배움 말고 내가 무엇을 더 바랄 수 있는가? 지금까지의 나는 모든 말과 행동 속에서 흑백의 두 세력을 꽤 인정한 듯하다. 심지어 그 두 세력이 서로 모순되더라도 말이다. 나는 태어난 날의 빛을 부정할 수 없었고, 그러면서도 이 시대의 책임과 의무를 마다하지 않았다. 여기서 티파사라는 감미로운 이름을 더 시끄럽고 더 잔혹한 다른 이름들 앞에 맞세우는 건 너무 쉬운 일이 될 것이다. 내가 상하행선을 다 주행한 덕분에 잘 아는 한 줄기 내면의 길이 오늘의 인간들 속에 있다. 그 길은 정신의 언덕들에서 범죄의 대도시들로 이어진다. 그러니 당연히 우리는 언제나 언덕에서 휴식을 취하면서 잠을 잘 수도 있고, 범죄의 소굴에서 먹고 잘 수도 있다. 하지만 삶의 어느 한쪽을 포기한다면, 우리는 스스로 존재하기를 포기해야 한다. 대리인을 위임하지 않고서는 살지도 사랑하지도 못하는 꼴이다. 그런데 삶의 그 어느 하나도 거부하지 않으면서 살려는 의지가 있다. 내가 이 세상에서 가장 높이 치는 미덕이다. 어쩌다 적어도 몸소 실천했다고 여기고 싶은 적도 있다. 우리 시대만큼 최선이나 최악 모두 똑같이 대하라고 요구하는 시절도 많지 않다. 바로 내가 바라는 바는 아무것도 배제하지 않으면서 두 겹의 기억을 정확히 유지하는 일이다. 그렇다. 아름다움이 있다면, 조롱당하는 사람도 있기 마련이다. 아무리 해내기 힘들더라도, 나는 어느 한쪽에도 불성실하게 굴고 싶지 않다.

하지만 이런 삶의 태도 또한 어떤 도덕을 닮았지만, 우리는 도덕을 넘어서는 그 무엇을 찾기 위해 살아간다. 그 무엇에 이름을 붙일 수 있다면, 얼마나 세상이 조용하겠는가. 티파사 동쪽, 성(聖) 살사 언덕 위로 저녁이 깃든다. 물론 여전히 환하지만, 빛 속에서 보이지 않는 쇠락이 대낮의 끝을 알리고 있다. 밤처럼 가볍게 바람이 일자 잔잔한 바다가 갑자기 길을 찾아 나서면서 수위가 낮아진 큰 강물처럼 수평선 끝에서 끝으로 흐른다. 하늘빛이 어두워진다. 그리하여 신비로움이, 밤의 신화, 쾌락의 피안이 등장하기 시작한다. 그러나 어떻게 이 현상을 필설로 담으랴? 티파사에서 가져온 작은 동전의 선명한 한쪽 면에는 그날 내가 배운 전부를 되풀이해서 들려주는 여인의 아름다운 얼굴이 새겨져 있고, 귀가하는 동안 손가락으로 더듬은 다른 쪽은 녹슬어 갉아 먹혀 있다. 그 입술이 없는 입은 날마다 내 무지와 행복을 일깨워주는 내면의 또 다른 신비로운 목소리가 들려주는 다음과 같은 이야기 말고 또 무엇을 일러주랴.

"내가 찾는 비밀은 올리브나무 골짜기 속에 있다. 차가운 풀과 제비꽃 아래, 포도 덩굴 냄새 나는 어느 낡은 집 둘레에 깊이 묻혀 있다. 20년이 넘도록 나는 이 골짜기, 그리고 유사한 저 골짜기를 헤매고 다녔고, 염소를 치는 언어장애인들에게 물어봤고, 사람이 살지 않는 폐허의 문짝을 두들겼다. 이따금 여전히 훤한 하늘에 첫 별이 돋을 무렵, 가냘픈 빛의 빗줄기를 맞으며 나는 알고 있다고 짐작했다. 사실 나는 알고 있었다. 나는 아마도 항상 알고 있으리라. 그러나 아무도 그 비밀을 원치 않으며 어쩌면 나 또한 원치 않으므로 내 식구들과 헤어질 수 없다. 돌과 안개로 세운 풍요로우면서도 끔찍한 도시들을 통치한다고 믿는 가족과 더불어 나는 살고 있다. 밤낮으로 우리 가족은 소리 높여 떠들며, 전혀 고개를 숙이지 않는 우리 가족에게 모두가 굽실거린다. 우리 가족은 모든 비밀에 대해 귀를 막고 산다. 나를 받쳐주는 가족의 권능이 권태롭기 짝이 없고, 그들의 고함에 질려버리게 된다. 하지만 그들의 불행은 내 불행이고, 우리는 한 핏줄이다. 나 역시 장애를 지녔고, 공범이자 수선스러운 나도 돌들 틈에서 소리치지 않았는가. 그래서 나는 망각하려고 기를 쓰고, 쇠와 불의 도시에서 돌아다니며 겁도 없이 어둠에 미소 짓고, 폭풍우를 소리쳐 부르며 충실히 따를 것이다. 사실 나는 잊어먹었다. 그러고 나서 적극적으로 청각장애인이 됐을지 모른다. 하지만 아마도 어느 날 우리가 탈진과 무지로 죽게 될 때, 나는 시끌벅적한 무덤을 포기하고, 골짜기로 들어가서 한결같은 그 빛 아래 누워 마지막으로 단 한 번 내가 알고 있는 것을 배울 수 있으리라."

(1952)

가장 가까운 바다

—항해일지

나는 바다를 벗하며 자랐고, 가난은 내게 호사스러웠는데, 이윽고 나는 바다를 잃었고, 모든 사치가 그래서 잿빛을 띠었고, 가난은 견딜 수 없게 됐다. 그 이후로 나는 기다린다. 귀항하는 선박들, 바다의 집, 청명한 날을 기다린다. 나는 열성을 다해 인내하고 상냥하게 군다. 사람들이 보는 가운데 아름답게 손질된 길을 거닐면서 나는 풍경에 경탄하고 모든 사람처럼 갈채를 보내고, 손을 내밀지만, 말하는 이는 내가 아니다. 사람들이 나를 칭찬하면, 약간 꿈을 꾸고, 사람들이 나를 모욕하면, 크게 충격받지 않는다. 그러고 나서 나는 잊어버리고 나를 모욕한 사람을 향해 미소를 짓고, 아니면 내가 사랑하는 그이에게 지나치게 예의 바르게 인사한다. 내 기억에는 단 하나의 이미지밖에 없는데 어찌하겠는가? 결국 사람들 앞에 불려 나가 내가 누군지 말하게 된다. "아직은 아무것도 아닙니다. 아직은 아무것도……."

평소보다 뛰어난 내 행동은 장례식에서 도드라진다. 정말 나는 탁월하다. 고철이 꽃 피듯 널려 있는 변두리 동네를 천천히 지난 나는 시멘트 나무들이 들어선 널찍한 길에 접어든 뒤 차가운 땅에 파놓은 구멍들 앞에 이른다. 겨우 붉게 물든 하늘의 붕대 아래에서 인부들이 거침없이 내 친구들을 3미터 깊이 구덩이에 매장하는 광경을 지켜본다. 진흙 묻은 손이 건네는 꽃을 받아 내가 던지면, 결코 묘혈을 빗나가지 않는다. 나는 제대로 경건한 마음을 갖고 알맞게 슬퍼하면서 편안하게 고개를 숙인다. 남들은 내 추도사가 적절했다고 추켜세운다. 그러나 내가 칭찬받을 일은 아니다. 나는 기다린다.

오랫동안 기다린다. 때때로 실수하고 서툰 짓을 해서 성공을 놓쳐버린다. 뭐 그리 대수로운가, 그때 나 홀로 있는데. 그래서 한밤중에 깨어나 잠이 덜 깬 상태에서 파도 소리를, 바다의 숨소리를 듣는 듯하다. 완전히 잠에서 깨어나서는 잎새에 이는 바람 소리와 인적이 끊긴 도시의 불행한 중얼거림을 깨닫는다. 그러고 나서 내 번뇌를 감추거나 유행에 맞게 윤색할 깜냥이 부족해 허덕인다.

다른 경우에는 그와는 반대로 도움을 받는다. 뉴욕에서, 어느 날 나는 수백만 명이 돌아다니는 돌과 강철의 우물 밑바닥에서 길을 잃은 채 여기저기를 뛰어다녔고, 마침내는 출구를 찾는 사람들 덩어리에 얹혀 움직일 수밖에 없었다. 그러니 숨이 턱 막혔고, 공황 상태에 빠져 비명을 지를 지경이었다. 하지만 번번이 멀리서 예인선의 호출 소리가 들리면서 그 메마른 물탱크 같은 도시가 하나의 섬이란 걸 떠올리게 했다. 내가 세례받은 성수가 배터리 공원 끝에서 시커멓게 썩어서 속이 빈 코르크들로 뒤덮인 채 기다린다는 상상도 떠올리게 했다.

그리하여 가진 게 하나도 없고, 재산은 남 줘버리고 모든 내 집들 둘레에서 야영한다. 그래도 나는 바라는 바가 있으면 곧 충족감을 얻고, 어느 때라도 출항할 준비를 하니 절망이 나를 알아보지 못한다. 절망한 사람에게는 고향이 없지만, 나는 바다가 저만큼 앞서가거나 뒤를 쫓아오고 있다는 걸 알고 있어서 언제든지 미쳐버릴 준비를 해둔다. 서로 사랑하면서 떨어져 있는 사람들은 슬픔 속에 살겠지만, 그건 절망이 아니다. 그들은 사랑의 존재를 알고 있다. 이런 연고로 나는 눈물마저 마른 채 귀양살이를 견딘다. 나는 아직도 기다린다. 어느 날이 와서 마침내…….

뱃사람들의 맨발이 부드럽게 갑판을 구른다. 우리는 날이 밝는 대로 출항한다. 우리가 항구를 떠나자마자 순간적이고 매서운 바람이 거품도 없이 잔잔한 물결로 돌변한 바다를 거칠게 쓰다듬는다. 조금 있다가 바람이 차가워

지면서 동백꽃 잎들을 물 위에 흩뿌리고, 꽃잎은 이내 사라진다. 그리고 오전 내내 우리 배의 돛은 활어가 요동치는 수조 위에서 펄럭거린다. 바닷물은 둔중하고, 비늘이 돋고, 차가운 점액질에 뒤덮인다. 이따금 파도가 뱃머리에 부딪혀 짖어대고, 신들의 타액처럼 씁쓸하고 미끈거리는 거품이 목제 선체를 쭉 따라 물속까지 흐른다. 그 물속에서 거품은 죽었다가 다시 태어나는 형상으로 흩어지고, 파랗고 하얀 젖소 몇 마리의 가죽이 기진맥진한 짐승처럼 우리의 항적(航跡) 뒤에서 오랫동안 표류한다.

출항 이후, 갈매기 떼가 별로 힘들이지 않고 날갯짓도 애써 하지 않은 채 우리 배를 뒤따라온다. 그들의 아름다운 직선비행은 산들바람을 타는 듯 마는 듯 하다. 느닷없이 선박의 부엌 높이에서 풍덩 뭔가 떨어지는 소리가 나면 갈매기들 사이에 식탐의 경고음이 울린다. 그 소리는 갈매기들의 아름다운 비행을 뒤죽박죽 망가뜨리고 하얀 날갯짓의 화염 덩어리를 불태운다. 갈매기들은 미친 듯이 사방으로 휘돌아 나가더니 곧이어 속도를 전혀 줄이지 않은 채 한 마리씩 차례로 무리를 떠나 바다를 향해 쏜살같이 처박힌다. 몇 초가 지나서, 갈매기들은 물 위에 다시 모이고, 우리 등 뒤에 남은 물이랑의 오목한 곳에 둥지를 튼 채 음식 쓰레기로 차린 진수성찬을 천천히 떼어 먹으면서 소란스러운 가금(家禽) 양식장을 이룬다.

정오에, 귀를 먹먹하게 할 정도로 작열하는 태양 아래에서 바다는 기진맥진한 채 겨우 몸을 일으킨다. 바다가 다시 내려앉으면, 침묵이 휘파람을 분다. 한 시간 동안 물이 끓고 나면 뿌연 물빛이 하얗게 달군 대형 함석판처럼 지글거린다. 물은 지글거리고, 김을 내뿜더니 마침내 불탄다. 잠시 후에 물은 몸을 뒤집어서 지금은 파도와 어둠 속에 잠겨 젖은 쪽을 햇빛에 내보일 것이다.

우리는 헤라클레스의 기둥을, 안타이오스가 죽은 곳을 지난다. 그 너머는 사방이 대양이다. 우리가 단숨에 항로를 정해 혼곶과 희망봉을 지나치자, 자오선이 위도와 합치고, 태평양이 대서양을 들이마신다. 곧 뱃머리를 밴쿠버 쪽으로 맞춘 우리는 남쪽 바다를 향해 천천히 나아간다. 어느 정도 떨어진 거리에서 이스터섬, 데졸라시옹섬, 헤브리디스 제도가 무리를 지어 우리 앞에서 행진한다. 어느 날 아침 갑자기 갈매기 떼가 보이지 않는다. 우리는 모든 뭍에서 멀리 떨어져 외로이 우리의 돛대와 기계와 함께 있을 뿐이다.

여전히 우리는 외로이 수평선과 함께 있다. 물결은 보이지 않는 동쪽에서부터 차례차례 끈질기게 찾아와서, 우리에게까지 이르렀다가 보이지 않는 서쪽을 향해 끈질기게 다시 떠난다. 기나긴 여정이다. 결코 시작된 적도 없고, 끝난 적도 없이……. 시냇물과 강물은 지나가지만, 바다는 지나가면서도 머문다. 바로 그렇게 우리는 정주하면서도 탈주하듯이 사랑해야 하리. 나는 바다와 결혼한다.

만조의 바다. 해가 떨어지더니 수평선 훨씬 앞에서 안개 속으로 빨려 들어간다. 짧은 순간에 바다의 한쪽은 장밋빛, 다른 쪽은 푸른빛이다. 그리고 물빛이 짙어진다. 스쿠너 범선이 두껍고 빛바랜 금속 같은 바다의 완벽한 순환의 수면 위를 섬세하게 미끄러지면서 지나간다. 그리고 가장 평온한 시간, 다가오는 저물녘 속에서 돌고래 수백 마리가 물에서 솟아올라 우리 주위에서 잠시 맴돌더니 사람이 없는 수평선 쪽으로 달아난다. 그들이 가고 나자 여기에 감도는 건 원시 바다의 침묵과 불안.

다시 조금 있다가 회귀선에서 빙산을 만난다. 당연히 이 따뜻한 물까지 오는 긴 여정 동안 녹았지만, 그래도 효력은 여전하다. 빙산이 배 우현을 스치면 순식간에 돛대 밧줄이 서리에 덮이는데, 그와는 달리 좌현으로는 건조한 한나절이 저물어간다.

밤은 바다 위에 내리지 않는다. 이미 잠긴 해가 짙은 재를 뿌려 점점 더 어두워진 바다는 오히려 깊은 곳으로부터 솟아나 희뿌연 하늘을 향해 올라간다. 짧은 한순간 금성이 검은 물결 위에 외로이 떠 있다. 눈을 감았다가 뜨는 순간, 별들이 넘실대는 밤 속에서 헤엄친다.

달이 돋는다. 우선 희미하게 수면을 비추더니, 더 높이 떠서 유연한 물 위에 제 몸을 새긴다. 마침내 달은 하늘 꼭대기에 이르러서는 바다의 통로를 모두 환하게 밝힌다. 밤하늘의 풍성한 은하수는 배의 움직임과 더불어 우리 쪽으로 무진장 쏟아지면서 컴컴한 대양 속으로 내려간다. 드디어 미지근하면서도 시원한 밤이다. 내가 요란한 빛과 알코올과 욕망의 소용돌이 속에서 호출한 밤이다.

하도 드넓어 결코 그 끝에 다다르지 못할 듯한 공간 위를 우리는 항해한다. 해와 달이 똑같은 빛과 어둠의 줄을 타고 갈마들면서 뜨고 진다. 바다 위의 나날은 행복처럼 서로 엇비슷하다.

이런 삶은 스티븐슨•이 말한 망각에 반항하고, 추억에 반항한다.

여명. 우리가 북회귀선을 수직으로 자르며 지나가자 물결이 신음을 뱉어내면서 경련한다. 강철 조각으로 뒤덮인 채 부풀어 오른 바다 위로 날이 밝는다. 하늘은 안개와 열기, 그리고 눈부심으로 하얗다. 하늘의 쫙 펼친 궁륭에 걸친 태양이 두껍게 낀 구름에 가려 용해된 것처럼, 보이지 않지만 그래도 견딜 수 없는 눈부심으로 하얗다. 분해된 바다 위의 병든 하늘. 날이 밝아옴에 따라 열기는 푸르스름한 대기 속에서 높아진다. 온종일 뱃머리가 파도의 덤불 속을 헤집자 날아다니는 물고기 떼와 쇳조각 같은 작은 새 떼가 튀어나온다.

오후에 우리는 도시로 가는 여객선 한 척과 엇갈린다.

• 영국의 소설가 로버트 루이스 스티븐슨(1850~1894).

우리는 선사시대 짐승의 포효 같은 기적을 세 번 울리면서 인사를 주고받는다. 바다에서 길을 잃었지만, 다른 사람이 나타나 느닷없이 경고를 받는 나그네들의 신호, 점점 더 늘어나는 두 배 사이의 거리, 마침내 고약한 물 위에서의 작별, 이 모두가 가슴이 미어지게 한다. 널빤지를 붙든 채 떠도는 섬들을 찾아서 망망대해의 파도에 던져진 이 막무가내의 광인들. 고독과 바다를 소중히 여기는 사람이라면 그 누가 그들을 사랑하지 않겠는가?

대서양 한복판에서 우리는 끝에서 끝으로 끊임없이 몰아치는 강풍 아래 몸을 굽힌다. 우리가 내지르는 비명은 하나하나 무한 공간 속으로 날아가 사라진다. 하지만 이 비명은 나날이 바람에 실려 마침내 대지의 평평한 어느 한쪽 끝에 닿아서 얼어붙은 암벽에 부딪혀 오래도록 울릴 것이다. 어디선가 눈 더미로 만든 자신의 조개껍데기 속에 틀어박힌 사람이 그 소리를 듣고서 흐뭇한 미소를 짓고 싶을 때까지.

나는 오후 2시의 태양 아래 선잠이 들어 있다가 어떤 끔찍한 소리에 깨어났다. 바다 깊은 곳에서 태양이 보였고, 파도는 너울대는 하늘에 가득했다. 느닷없이 바다가 불타오르고, 태양은 긴 얼음의 도랑을 따라 흐르는 동안 녹아서 내 목구멍 속으로 들어왔다. 내 주변에서 뱃사람들이 웃고 울고 있었다. 그들은 서로 사랑했지만 서로 용서할 줄 몰랐다. 그날 나는 있는 그대로 세계를 깨달았고, 세계의 선은 동시에 해로울 수 있고, 마찬가지로 세계의 악도 유익할 수 있음을 인정하기로 마음먹었다. 그날 나는 이 세상에 두 가지 진실이 있는데, 그중 하나는 결코 입에 올려서는 안 된다는 걸 깨달았다.

남반구의 이상야릇한 달이 약간 이지러진 채 몇 밤이나 우리와 함께하더니 이어서 급하게 하늘에서 미끄러져 바닷물에 먹힌다. 십자성만 남은 하늘에는 별이 성기고, 대기에는 숭숭 구멍이 뚫려 있다. 동시에 바람이 완전히 멈춘다. 하늘은 꿈쩍 않는 돛대 위에서 구르며 앞뒤로 흔들린다. 엔진을 끄고 돛도 내린 채 우리는 물이 다정하게 배 옆구리에 철썩이는 동안 더운 밤의 어둠 속에서 휘파람을 분다. 아무런 명령을 내리지 않아도 기계는 입을 다문다. 사실 무엇 때문에 우리는 찾아다니고, 무엇 때문에 우리는 되돌아오는가? 우리는 흡족해하고, 어떤 침묵의 광기가 굽힐 줄 모르고 우리를 잠재운다. 만사형통한 어느 날이 그렇게 온다. 그러면 지칠 때까지 수영하는 사람들처럼 우리도 그저 흘러가게 자신을 내버려둬야 한다. 우리는 무엇을 성취할 것인가? 언제나 나는 그 무엇을 나 자신에게 숨겼다. 오, 씁쓸한 침대여, 왕족의 잠자리여, 왕관은 저 바다 깊은 곳에 있다.

아침이 되자 우리 배의 스크루가 미지근한 물에 천천히 거품을 일으킨다. 우리는 다시 속력을 낸다. 정오 무렵, 먼 대륙에서 오는 순록 떼가 우리와 엇갈려서 지나가더니 꾸준히 북쪽을 향해 헤엄친다. 그 뒤를 따르는 다양한 색채의 새 떼는 때때로 순록 떼의 뿔들이 이룬 숲에 앉아 휴식을 취한다. 그 소란스러운 숲은 차츰차츰 수평선 너머로 사라진다. 조금 있다가 바다는 이상한 노란색 꽃들에 뒤덮인다. 저녁 무렵 보이지 않는 노랫소리가 오랫동안 우리 앞에서 나아간다. 나는 편안하게 잠이 든다.

청명한 미풍에 모든 돛을 활짝 펴고, 우리는 맑은 물결이 근육처럼 꿈틀거리는 바다 위를 내달린다. 속력이 최고조에 이를 때 조타는 좌현으로. 그리고 해 질 녘에 항로를 재조정하고, 돛이 바닷물을 흩뿌릴 정도로 배를 우현으로 기울이면서 우리는 전속력으로 남반구 대륙을 끼고 간다. 전에 나는 비행기라는 야만적 관(棺) 속에 들어앉아 아무것도 보지 못한 채 그 대륙 위를 날아본 적이 있는 터라 알아본다. 그때 나는 게으른 왕이었고, 내가 탄 수레는 빈둥거렸다. 나는 바다를 기대했지만, 결코 바다에 닿지 못했다. 그 비행기라는 괴물은 울부짖으면서 페루의 구아노 더미에서 이륙해 태평양 해변 위로 달려들었고, 안데스산맥의 산산조각이 난 하얀 척추뼈 위를 지나서 파리 떼로 뒤덮인 아르헨티나의 광대한 평원 위를 날았다. 우유가 넘쳐흐르는 우루과이 목장들을 단 한 번의 날갯짓으로 베네수엘라의 검은 강들에 잇고는 착륙하더니 다시 울부짖으면서 눈앞에 널린 새로운 빈자리들을 보곤 마저 삼켜버리고 싶은 탐욕에 몸을 부르르 떨었다. 하지만 안간힘을 써서 결코 앞으로 나아가지 않았다. 아니면 적어도 경련을 일으키면서 집요하게 천천히 움직일뿐더러 격렬하고 확고부동하고 중독된 에너지로 인해 앞으로 나아가지 않을 따름이었다. 그때 나는 금속 감옥에서 죽어간다고 느끼면서 대학살과 통음난무(痛飮亂舞)의 광란을 상상했다. 공간이 없다면 순수와 자유도 없다! 숨 쉴 수 없는 사람에게 감옥은 죽음 아니면 광기다. 거기서 죽거나 악령이 들리지 않는다면 무엇을 하겠는가? 하지만 오늘 나는 그와는 정반대로 목구멍 가득히 숨을 채우고, 우리는 푸른 하늘에서 맘껏 날갯짓한다. 나는 속도를 내라고 외치고, 우리는 육분의(六分儀)와 나침반을 바다에 던져버린다.

지엄한 바람 아래 우리 돛은 쇠처럼 단단하다. 해안이 전속력으로 우리 눈앞에서 떠밀려가고 늠름한 코코넛나무 숲은 발치를 에메랄드빛 석호에 담그고 있고, 조용한 내포에 붉은 돛단배들이 가득하고, 해변은 달빛을 띤다. 뒷마당에서 시작한 원시림의 압력에 밀려 이미 금이 간 대형 건물들이 불쑥 나타난다. 여기저기 노란 열대 나무들이나 보랏빛 가지가 달린 나무 한 그루가 어느 창문을 뚫고, 마침내 리우데자네이루가 우리 등 뒤에서 허물어지고, 장차 치주카의 원숭이 웃음으로 채워질 그 도시의 새 폐허를 초목이 뒤덮을 것이다. 더욱더 빨리, 파도가 모래 뭉치에서 부서지는 거대한 해변을 따라, 더욱더 빨리 우루과이의 양 떼가 바다로 뛰어들어 단숨에 노랗게 물드는 곳으로 우리는 간다. 그리고 아르헨티나 해안에서는 거칠고 큰 장작더미들이 일정한 간격으로 천천히 구워지는 반 마리짜리 소고기들을 하늘로 치켜올린다. 밤에는 티에라델푸에고에서 떠내려온 빙하들이 몇 시간이고 우리 배를 때리고, 배는 겨우 속도를 늦추고 바람에 맞춰 방향을 바꾼다. 아침에는 태평양의 파도가 칠레 해안을 따라 수천 킬로미터에 걸쳐 특유의 차가운 거품을 초록빛과 흰빛으로 끓이면서 천천히 우리를 들어 올려 침몰시키려고 위협한다. 조타수가 그 파도를 피해서 케르겔렌 제도를 지나친다. 감미로운 저녁에 첫 말레이시아 선박들이 우리를 맞으러 온다.

"바다로! 바다로!"라고 내가 어린 시절에 읽은 한 권의 책에서 훌륭한 소년들이 외쳤다. 그 외침 말고는 책에서 기억나는 내용이 없다. "바다로!" 그래서 우리는 인도양을 거쳐 홍해까지 간다. 불타오르고 나서는 얼어붙은 사막의 돌들이 적막한 밤에 하나씩 쩍쩍 갈라지는 소리가 들리는 홍해의 뱃길에 이르러서야 우리는 "바다로!"라는 외침이 잦아드는 고대의 바다로 되돌아온다.

어느 날 아침, 마침내 우리는 기묘한 침묵이 감돌고, 고정된 돛들이 항로표지를 알리는 내포에 기항한다. 오로지 몇 마리 바닷새가 하늘에서 갈대 조각을 놓고 다툰다. 헤엄을 치면서 우리는 인적이 끊긴 해변을 다시 찾는다. 온종일 우리는 물에 들어갔다가 나와 모래밭에서 몸을 말린다. 저녁이 오면 초록빛으로 물들어 물러가는 하늘 아래에서 바다는 그토록 고요하다가 더욱 평온해진다. 짧은 파도가 모래톱 위로 거품 증기를 뿜어댄다. 바닷새들은 사라졌다. 움직이지 않는 여행에 바쳐진 한 공간만 남을 뿐.

부드러움이 늘어지는 어떤 밤들에는, 그렇다, 우리가 세상을 떠난 뒤에도 그 밤들이 땅과 바다 위로 되돌아오리라는 사실을 안다면 죽는 일에 도움이 된다. 늘 쟁기질을 받고 늘 순결한 대양이여, 밤과 더불어 내 종교여! 바다는 우리를 씻기고 그 척박한 밭이랑에서 우리를 실컷 먹여주고 우리를 해방하고 우리를 올곧게 세워준다. 파도는 저마다 하나의 약속이고, 늘 똑같은 약속이다. 파도가 뭐라고 말하는가? 만약 내가 냉정한 산맥에 둘러싸여 세상 모르게 식구들에게도 버림받아 죽어야 한다면 마침내 힘껏 바다는 마지막 순간에 내 감방을 채워주고, 나 자신 위로 나를 떠받들어서 원한 없이 죽게 도우리라.

자정에, 해변에 홀로 있다. 더 기다릴 것, 그리고 나는 떠나리라. 이 시간에 세상의 모든 항구에서 어두운 물을 비추는 불빛에 감싸인 선박들처럼 하늘 그 자체는 모든 별빛과 더불어 멈춰 있다. 공간과 침묵이 한 묶음으로 가슴을 짓누른다. 어떤 돌연한 사랑, 어떤 위대한 작품, 어떤 승부수, 어떤 변혁 사상은 어느 순간 거역할 수 없는 매혹과 함께 견딜 수 없는 불안까지 안겨준다. 존재의 감미로운 고뇌, 우리가 그 이름을 모르는 위험의 미묘한 근접성, 그렇다면 산다는 것이란 제 패배를 향해 달려가는 것일까? 새로이, 쉼 없이 우리의 패배를 향해 달려가자.

나는 언제나 난바다에서 위협에 시달리며 살면서도 으뜸가는 행복의 한복판에 있다는 느낌이 든다.

(1953)

해설

여름이여, 젊음이여, 사랑이여

알베르 카뮈가 1954년에 펴낸 《여름》은 저마다 다른 시기에 쓴 에세이 8편으로 꾸며졌다. 〈미노타우로스 또는 오랑에서 멈춘 발걸음〉(1939), 〈아몬드나무들〉(1940), 〈저승에 간 프로메테우스〉(1946), 〈과거가 없는 도시들을 간략하게 안내하기〉(1947), 〈추방된 헬레네〉(1948), 〈수수께끼〉(1950), 〈티파사에 돌아오다〉(1952), 〈가장 가까운 바다〉(1953).

소설가 카뮈의 내면에 깃들어 있던 시인의 감성이 물씬 풍기는 산문의 연속이다. 자연 관조와 도시 산책, 폐허 순례와 항해일지에 이르기까지 다양한 산문의 형식과 내용을 보여준다. 카뮈의 소설과 희곡, 철학 에세이에서는 맛보기 힘든 언어의 향연이 풍성하다.

카뮈가 1938년에 출간한 《결혼》과 마찬가지로 《여름》도 카뮈의 문학 세계에서 유난히 서정성이 높은 글 모음으로 평가받는다. 알제리에서 보낸 청춘 시절에 지중해의 자연 풍광을 통해 얻은 생각이 세월의 풍화 속에 숙성을 거친 끝에 영글었다는 느낌이 든다. 이 책에 실린 산문 중에서 〈티파사에 돌아오다〉가 단연 눈길을 끈다. 《결혼》의 첫머리를 장식한 〈티파사에서의 결혼〉의 후속 편이기 때문이다. 《여름》은 태양과 녹색 축제로 표출되는 청춘의 서정성을 짙게 내뿜기 때문에 카뮈가 청년 시절에 쓴 《결혼》과 자연스레 맞물리는 책이다. 프랑스에서는 지난 1959년 이후 《결혼 · 여름》이 한 권짜리 합본으로 출간되고 있다.

태양의 상징성

프랑스의 카뮈 연구자들이 펴낸 《알베르 카뮈 사전》은 이 책의 핵심을 '태양의 상징성'에서 찾았다. "카뮈의 태양은 가장 거칠게 대비되는 현상을 조명한다. 태양은 자연의 영원한 청춘을 밝히지만, 지나치게 아름다운 나머지 억압적이기도 하다"라는 것. 카뮈의 글에서 태양은 인간과 세계에 활기를 불어넣지만, 때로는 숨 막히는 무더위로 인간 의식을 몽롱하게 만들고, 때로는 그 절대적 힘 때문에, 인간을 화마의 비극 속으로 몰아넣는 전쟁처럼 운명의 잔혹한 불길을 연상케 한다. 카뮈는 '참된 고향' 알제를 '여름 도시'라고 부를 정도로 여름을 온몸으로 체현하면서 청춘을 누리려고 했지만, 제2차 세계대전이 터지는 바람에 애당초 계획했던 그리스 여행을 포기한 채 짧은 여름처럼 지나간 청춘의 일부를 상실하기도 했다. 하지만 그는 중년에 접어들어 다시 알제를 찾아가서는 그의 내면에 버티고 있는 '불굴의 여름'을 소리 높이 외치면서 《여름》을 완성했다.

죽음의 끈으로 대지에 묶인 생명 예찬

카뮈는 독일 시인 프리드리히 횔덜린의 비극 《엠페도클레스의 죽음》에 나오는 "하지만 너는 맑게 갠 날을 위해 태어났구나"라는 문장을 《여름》의 제사로 인용했다. 엠페도클레스는 고대 그리스의 철학자로 세상이 물·공기·불·흙의 4원소로 구성됐고, 서로 동등한 차원에서 사랑과 다툼의 관계를 지닌다고 봤다. 그의 주장은 오늘날 "동종의 원소들이 서로 결합하는 성향을 보이고 있지만, 또 다른 다툼으로 인해 새로운 물질이 탄생하고 있다"라는 과학적 결론에 부합한다. 하지만 그의 최후는 다소 엽기적인 전설로 남아 있다. 그가 자신의 주장을 입증하고 신이 되기 위해 폭발하는 화산 분출구에 투신했다는 것이다. 그로 인해 과대망상증에 사로잡힌 철학자, 과학자, 시인이었다는 조롱도 전해왔다.

하지만 횔덜린은 엠페도클레스를 통해 세계와 인간을 잇는 진실을 추구하는 삶의 귀감을 발견했다. 그는 엠페도클레스의 치열한 삶을 기리는 시를 썼다. "불길 속에서 그대는 생명을 찾고 있네/그대의 마음이 명령하며 뛰고 있고/그대는 이를 따르네, 그리하여 그대는/바닥없는 에트나에 몸을 던지네."

카뮈는 횔덜린이 노래한 엠페도클레스에게서 온몸으로 세계와 결합하려는 인간 초상을 발견한 듯, 자신의 철학 에세이 《반항하는 인간》에서도 《엠페도클레스의 죽음》 중 일부를 제사로 사용했다. "그리고 나는 저 엄숙하고 괴로워하는 대지에 숨김없이 내 마음을 바쳤느니./(……)/그리하여 나는 대지와 죽음의 끈으로 맺어졌으니"라는 것. 카뮈를 가리켜 흔히 태양과 바다의 작가라고들 하지만,

그의 문학에서 대지가 지닌 상징성도 만만치 않다. 정신과 추상 또는 사변과 이념의 논리에 복종하기보다는 대지가 표상하는 삶의 구체성에 충실한 예술가의 길을 이미 《결혼》에서도 강하게 예찬한 적이 있다.

그렇다면 카뮈가 《여름》에서 인용한 횔덜린의 "하지만 너는 맑게 갠 날을 위해 태어났구나"라는 찬사는 구체적으로 무엇을 가리키는가. 이 책에 실린 〈아몬드나무들〉에 그 답이 들어 있다고 본다. "나는 그 연약한 눈빛 꽃이 빗줄기와 해풍에 저항하는 광경을 보고 황홀해했다. 해마다 그 꽃은 단지 열매를 맺는 데 필요한 만큼만 그토록 버텨냈다. (……) 내가 말하고자 하는 바는, 흰빛과 수액의 미덕으로 모든 해풍에 저항하는 기개의 힘이다. 그 힘이야말로 이 세계의 겨울 속에서 열매를 키울 것이다."

괴물 같은 허무와 권태에 먹히지 않는 법

〈미노타우로스 또는 오랑에서 멈춘 발걸음〉은 알제리의 도시 오랑을 다룬 글이다. 오랑은 카뮈가 고향으로 생각하는 알제와는 경쟁 관계에 있는 도시이자 그의 소설 《페스트》의 무대이기도 하다. 카뮈는 오랑을 산책하는 사람의 시선으로 현지인들의 일상과 도시를 에워싼 풍광을 그려나갔다. 그는 오랑이 바다를 향해 열려 있는 도시지만, 그 시가지는 "바다를 등진 채 달팽이 껍데기처럼 제 안쪽으로 휘돌면서 세워진" 듯하다고 묘사하면서 미노타우로스의 미궁을 떠올렸다. 미노타우로스는 그리스 신화에 등장하는 반인반수의 괴물이다. 크레타섬을 통치한 미노스 왕의 지시로 제작된 미궁 속에 갇힌 미노타우로스는 그곳에 들어와 길을 잃고 헤매는 인간들을 하나씩 잡아먹는다. 카뮈는 그 미궁을 오랑에 대입해 허무와 권태 속에 갇힌 도시를 관찰했다.

그러나 그 도시는 기성세대의 촌스럽지만 소박한 해학과 젊은 세대의 풋풋한 관능이 뒤엉킨 가운데 사람 사는 냄새를 짙게 발산했다. 카뮈가 볼 때 기성세대의 우스꽝스러울 정도로 천박한 일상 풍경은 당연히 조롱거리였다. 하지만 그의 조롱은 살갑기도 했다. 그런 삶의 희극 속에서 오랑의 신세대 멋쟁이 남녀가 서투르지만 구김살 없이 펼치는 관능의 축제는 카뮈를 즐겁게 했다.

오랑을 에워싼 자연은 무미건조한 광물질투성이였다. 하지만 카뮈가 보기에 그 자연은 엄혹한 인간 조건을 단호하게 일깨워줌으로써 삶의 헛된 환상에 사로잡히지 않게 하는 각성 효과도 지니고 있었다. 자연의 척박함을 통해 카뮈는 꾸밈이 없고, 군더더기 없는 의식의 명증함을 익히려고 했다. 카뮈는 오랑 시민들의 개척 정신도 주목했다. 오랑 사람들은 바다를 메워 새 땅을 개간하면서 억척스레 미래를 만들어갔기 때문이다.

마침내 카뮈는 오랑 산책기를 마무리하면서 미노타우로스의 미궁과 관련된 신화 속의 여성 아리아드네를 떠올렸다. 아테네의 영웅 테세우스가 미노타우로스의 미궁에 들어갈 때 아리아드네가 실타래를 건네줬기 때문이다. 테세우스는 실을 풀면서 미궁 속의 통로를 하나씩 지났다. 그 덕분에 한 번 지난 통로를 알아보고 길을 찾아갈 수 있었다. 결국 그는 미노타우로스를 처치하고 살아서 미궁을 빠져나왔다. 그 이후 '아리아드네의 실'은 생명줄이자 성공의 열쇠를 비유하게 됐다.

카뮈는 아리아드네의 실이 아니라 '아리아드네의 돌'이란 이미지를 빚어냈다. 오랑을 에워싼 광물질의 자연이 삭막한 풍경을 빚어내지만, 그 안에 담긴 천연의 순수를 마치 사막의 구도자처럼 깊이 음미함으로써 세속적 현실의 허무와 권태에서 벗어나는 길을 '아리아드네의 돌'로 형상화했다. 게다가 오랑은 카뮈가 늘 황홀해하는 세계와 인간 사이의 사랑을 일깨우기에 충분할 정도로 짙푸르고 환한 지중해를 향해 열려 있다. 카뮈는 그 해변에서 '순수한 모래와 돌의 땅'을 발견하곤, '아리아드네의 돌'이라고 이름 지었다. "여기 수선화처럼 부드러운 돌이 있다. 이 돌은 모든 것의 시작에 놓여 있다. 꽃, 눈물(애착이 있다면), 출발, 그리고 싸움은 모두 나중의 일이다. 대낮에 하늘이 드넓고 낭랑한 공간 속에 빛의 샘을 열어놓을 때, 해안의 모든 곳이 출항하려는 선단(船團)처럼 보인다."

그리스 신화와 비극을 사랑한 '지중해인'

그리스 신화에서 프로메테우스는 신의 전유물이었던 불을 훔쳐서 인간에게 전해주는 바람에 신의 노여움을 샀다. 그는 바위에 묶여 끊임없이 독수리에게 심장을 쪼이는 형벌의 고통에 시달려야 했다. 카뮈는 일기장에 "나는 인간 조건에 대해서 비관적이지만, 인간에 대해서는 낙관적이다"라고 쓴 적이 있다. 카뮈의 낙관주의는 삶의 부정적 조건에 끊임없이 반항하는 인간에 대한 자긍심에서 비롯됐다. 인간은 꿋꿋하게 삶의 긍정을 실천해야 한다는 것이다. 그는 〈저승에 간 프로메테우스〉를 통해 죽음의 필연성과 역사의 잔혹성에 반항하는 인간의 끈기를 형상화하려고 했다. "우리에게는 그의 오랜 끈기가 신들에 대한 반항보다도 더 큰 의미를 안겨준다. 그래서 어느 것도 떼어놓지 않고, 배제하지도 않으려는 저 경탄할 만한 의지가 인간의 아픈 마음과 이 세계의 봄을 항상 화해시켜 왔고, 앞으로도 화해시킬 것이다."

카뮈는 그리스 신화와 비극을 되새김질하면서 현대인에게 필요한 영혼의 자양분을 얻으려고 했다. 그는 프랑스 작가였지만, 지중해의 알제리에서 나고 자랐기 때문에 유럽 대륙의 철학과 종교보다는 고대 그리스의 철학과 예술을 더 사랑했다. 그는 스스로 '지중해인'이라는 의식을 자주 표명하면서, 고대 그리스 정신의 전통을 계승한 '지중해 사상'을 설파했다. 지중해 사상은 자연을 정복의 대상으로 여기지 않았다. 자연은 인간에게 한계를 인식하게 하고 균형과 절도를 가르쳐주는 신성(神性)의 표상이라는 것이 지중해 사상의 요체였다.

〈추방된 헬레네〉는 현대 유럽인이 쫓아낸 지중해 사상의 회복을 호소했다. "고대 그리스 사상은 늘 한계의 관념을 방패로 삼았다. 신성과 인간 이성 그 어느 쪽도 극단까지 밀어붙이지 않았다. 왜냐하면 신성도 이성도 부정하지 않았기 때문이다. 빛으로 어둠과 균형을 이루면서 만물의 제 몫을 배려했다. 반대로 오늘날 우리 유럽은 총체성을 정복하겠다고 덤벼든 왈패다."

다시, 티파사에서

카뮈는 1952년 〈티파사에 돌아오다〉를 썼다. 20년 넘게 지난 시간의 회랑을 에돌아 폐허를 되찾았다. 그가 다시 티파사에 간 때는 한겨울이었다. 냉전 시대를 맞은 유럽은 늘 겨울이었다. 그는 '겨울의 시대'에 지친 나머지 그가 '여름 도시'라고 부른 알제로 잠시 돌아왔다.

그리고 티파사로 갔다. 며칠 동안 폭우가 쏟아진 뒤 모처럼 갠 날에 찾은 티파사에서 겨울의 빛을 만끽했다. 현실은 겨울처럼 냉혹하지만, 그의 내면에 '불굴의 여름'이 버티고 있음을 다시 깨달았다. 여름이여, 젊음이여, 사랑이여.

그는 1936년과 1937년 사이에 쓴 〈티파사에서의 결혼〉를 통해 "향쑥을 으깨느라, 폐허를 쓰다듬느라, 내 호흡이 이 세계의 소용돌이치는 숨소리와 조화를 이루게 하느라 얼마나 오랜 시간을 보냈는가!"라고 외친 적이 있다. 다시, 티파사에 와서 그는 "나는 정오에 기진맥진한 채 겨우 넘실대는 바다를 바라봤고, 존재가 바싹 말라버리는 바람에 오랫동안 달랠 수밖에 없는 두 가지 갈증을, 요컨대 사랑과 예찬이라고 부르고 싶은 갈증을 실컷 해소하고 있었다"라며 환호성을 질렀다. "왜냐하면 사랑받지 못함은 단지 불운에 그치지만, 결코 사랑하지 못함은 불행이"라는 것.

그는 전쟁의 광풍에 휘둘렸던 유럽이 전후 미소 냉전 체제를 맞아 이념 대결을 벌이는 현실을 사랑의 상실이라며 안타까워했다. 냉전 시대의 양대 이념은 저마다 정의를 주장했다. 카뮈가 보기에 정의를 독점한 듯이 내세우는 짓은 과즙이 바짝 마른 오렌지처럼 사랑이 메마른 영혼의 상태를 초래했다. 그는 티파사에서 그런 영혼의 가뭄을 치유할 수 있는 사랑을 되찾으려고 했다.

"너무 오랫동안 정의를 촉구하다보면 그것을 낳아준 사랑조차 고갈시킨다. 우리가 사는 시대의 아우성 속에서 사랑은 불가능하고, 정의는 미흡하다. 그런 까닭으로 유럽은 한낮을 증오하고, 불의와 불의를 대립시킬 줄만 안다. 정의가 말라비틀어져서, 겉만 아름답고 안으로는 씁쓸하고 메마른 과육만 남은 오렌지가 되지 않도록 하려면, 자기 내면에 신선함과 기쁨의 샘터를 고스란히 보존하고, 불의에서 벗어나는 한낮을 사랑하고, 그렇게 성취한 빛을 휘둘러 다시 투쟁해야 한다. 내가 티파사에서 다시 얻은 깨달음이다."

으뜸가는 행복의 바다

카뮈는 1949년 6~8월 남아메리카를 여행했다. 프랑스 정부의 후원으로 브라질과 아르헨티나, 칠레에서 열린 강연회에 나섰다. 그는 프랑스 마르세유에서 선박을 타고 보름이 넘게 걸린 바닷길의 여정을 항해일지 형식으로 남겼다. "비록 이 바다가 오늘은 이 세상의 모든 눈물을 다 출렁이게 하고 있는 듯한 인상이지만, 나는 내 선실로 되돌아와서 이 글을 쓴다—저녁마다 그렇게 하고 싶다. 내면적인 것은 아무것도 쓰지 말고, 그날 있었던 사건들만 어느 것 하나 잊지 말고 다 적어볼 생각이다"(알베르 카뮈, 《여행일기》, 김화영 옮김, 책세상, 2005).

〈가장 가까운 바다〉는 그 항해일지를 바탕으로 한 것이다. 기록의 차원을 뛰어넘어 한 편의 산문시를 떠올리게 하는 여행 문학의 걸작이다. 실제 항해 체험을 회상하고 있지만, 그 긴 여정을 상징과 비유의 연속으로 형상화할 뿐더러 환상의 나래까지 펼쳐서 현대판 《오디세이》를 지향한 듯한 여행 서사의 묘미도 안겨준다.

"시냇물과 강물은 지나가지만, 바다는 지나가면서도 머

문다. 바로 그렇게 우리는 정주하면서도 탈주하듯이 사랑해야 하리. 나는 바다와 결혼한다."

카뮈는 뭍에서와 마찬가지로 바다에서도 세계와 자아 사이에 이뤄지는 자유분방한 사랑의 찬가를 읊었다. 그가 겪는 바다는 현실의 바다이면서 신화의 바다이기도 했다. '원시의 침묵과 불안'이 감도는 환상의 바다를 떠올리면서 그는 "바다로!"라고 외쳤다. 그가 찾아간 바다는 프랑스에서 남아메리카로 가는 항로와 전혀 상관이 없는 상상의 공간을 열어주기도 했다. "그래서 우리는 인도양을 거쳐 홍해까지 간다. 불타오르고 나서는 얼어붙은 사막의 돌들이 적막한 밤에 하나씩 쩍쩍 갈라지는 소리가 들리는 홍해의 뱃길에 이르러서야 우리는 '바다로!'라는 외침이 잦아드는 고대의 바다로 되돌아온다."

카뮈의 산문시는 기항지에서 맞은 밤의 적막 속으로 스며들면서 마무리됐다. 우리의 시인은 항해 도중에 바다를 끓일 듯한 태양과 바다를 뒤집어엎을 듯한 풍랑에 시달렸지만, 어느덧 고요한 밤바다를 보면서 바다와의 결혼을 재음미했다. "늘 쟁기질을 받고 늘 순결한 대양이여, 밤과 더불어 내 종교여! 바다는 우리를 씻기고 그 척박한 밭이랑에서 우리를 실컷 먹여주고 우리를 해방하고 우리를 올곧게 세워준다. 파도는 저마다 하나의 약속이고, 늘 똑같은 약속이다."

그토록 평온한 순간, 카뮈는 행복을 느꼈다. "나는 언제나 난바다에서 위협에 시달리며 살면서도 으뜸가는 행복의 한복판에 있다는 느낌이 든다"라면서.

***

내 젊은 날의 감미로운 추억이 담긴 카뮈의 《결혼》과 《여름》을 이순이 지나서 부끄러움도 모른 채 어설픈 깜냥으로 번역했다. 휴머니스트의 김학원 대표와 황서현 주간이 궁핍해진 벗에게 휴머니즘을 발휘해 귀한 기회를 선사한 덕분이다. 편집부의 도움을 받아 기신기신 번역을 끝내고 해설도 썼다.

카뮈 문학을 가르쳐주신 김화영 선생님께 또 고개를 숙인다. 선생님이 일찍이 개척하신 번역이 늘 옳은 방향을 일러주었다. 틈이 나면 카뮈의 주요 산문을 영역한 선집 《Lyrical and Critical Essays》(Vintage Books, 1970)를 참고했다.

휴세 에세이 002

여름

1판 1쇄 발행일 2022년 10월 17일

지은이 알베르 카뮈
옮긴이 박해현

발행인 김학원
발행처 (주)휴머니스트출판그룹
출판등록 제313-2007-000007호(2007년 1월 5일)
주소 (03991) 서울시 마포구 동교로23길 76(연남동)
전화 02-335-4422 **팩스** 02-334-3427
저자·독자 서비스 humanist@humanistbooks.com
홈페이지 www.humanistbooks.com
유튜브 youtube.com/user/humanistma **포스트** post.naver.com/hmcv
페이스북 facebook.com/hmcv2001 **인스타그램** @boooook.h

편집주간 황서현 **편집** 이성근 이은서 김대일 김선경 **디자인** 김태형
용지 화인페이퍼 **인쇄** 청아디앤피 **제본** 민성사

ISBN 979-11-6080-905-3 04860
979-11-6080-486-7 (세트)